A DOR

© P.O.L éditeur, 1985.
© desta edição, Bazar do Tempo, 2023.
Título original: *La douleur*

Todos os direitos reservados e protegidos pela Lei n. 9610, de 12.2.1998.
Proibida a reprodução total ou parcial sem a expressa anuência da editora.

Este livro foi revisado segundo o Acordo Ortográfico da Língua Portuguesa de 1990, em vigor no Brasil desde 2009.

Edição **Ana Cecilia Impellizieri Martins**
Coordenação editorial **Meira Santana**
Tradução **Luciene Guimarães de Oliveira e Tatiane França**
Copidesque **Gabrielly Alice da Silva**
Revisão **Joice Nunes**
Projeto gráfico **Violaine Cadinot**
Diagramação **Lila Bittencourt**
Imagem de capa **Retrato de Marguerite Duras, anos 1940 / Coleção Jean Mascolo.**

CIP-Brasil. Catalogação na Publicação
Sindicato Nacional dos Editores de Livros, RJ

D955d

    Duras, Marguerite, 1914-1996
A dor / Marguerite Duras ; tradução Luciene Guimarães de Oliveira, Tatiane França. - 1. ed. - Rio de Janeiro : Bazar do Tempo, 2023.
208 p. ; 20 cm

Tradução de: La douleur
ISBN 978-65-84515-33-8

1. Romance francês. I. Oliveira, Luciene Guimarães de. II. França, Tatiane. III.Título.

23-82722
                                    CDD: 843
                                    CDU: 82-31(44)

Meri Gleice Rodrigues de Souza - Bibliotecária - CRB-7/6439

Rua General Dionísio, 53 - Humaitá
22271-050   Rio de Janeiro - RJ
contato@bazardotempo.com.br
www.bazardotempo.com.br

MARGUERITE DURAS

A DOR

Tradução
**Luciene Guimarães de Oliveira
Tatiane França**

SUMÁRIO

I

A DOR

Abril	13
Abril	18
20 de abril	22
Abril	30
Domingo, 22 de abril de 1945	36
Abril, domingo	41
Terça-feira, 24 de abril	42
24 de abril	47
Quinta-feira, 26 de abril	48
Sexta-feira, 27 de abril	48
27 de abril	49
28 de abril	52
28 de abril	53

II

SENHOR X. CHAMADO AQUI DE PIERRE RABIER   75

ALBERT DO CAPITALES
TER, O MILICIANO   113
    Albert do Capitales   115
    Ter, o miliciano   139

A URTIGA PARTIDA   155

AURÉLIA PARIS   167

POSFÁCIO

AS DORES DA MEMÓRIA - *Laura Mascaro*   181

O HORROR DE UM TAL AMOR - *Marguerite Duras*   195

OBRAS DE MARGUERITE DURAS   198

MANUSCRITOS *A DOR*   201

Para Nicolas Régnier
e Fréderic Antelme

I

A DOR

Encontrei este diário em dois cadernos dos armários azuis de Neauphle-le-Château.

Não tenho nenhuma lembrança de tê-lo escrito.

Eu sei que eu fiz isso, que fui eu quem escreveu, reconheço minha caligrafia e os detalhes do que digo, vejo o lugar, a estação d'Orsay, os trajetos, mas não me vejo escrevendo este diário. Quando o teria escrito? Em que ano, em que horas do dia, em que casa? Não sei mais nada.

O que é certo, evidente, é que este texto aqui, não me parece plausível tê-lo escrito enquanto esperava por Robert L.

Como pude escrever esta coisa que não sei ainda nomear e que me assusta quando a releio? Como pude ter abandonado assim mesmo este texto por anos nesta casa de campo, frequentemente inundada no inverno?

A primeira vez que me dei conta deste texto foi por uma encomenda feita a mim pela revista Sorcières de um texto juvenil.

A dor é uma das coisas mais importantes da minha vida. A palavra "escrita" não seria apropriada. Me encontrei em frente a páginas regularmente preenchidas por uma pequena letra extraordinariamente regular e calma. Me encontrei face a uma desordem fenomenal do pensamento e do sentimento a qual eu não ouso abordar e diante da qual a literatura me envergonha.

Abril

Em frente à lareira, ao meu lado, o telefone. À direita, a porta da sala e do corredor. Ao fundo do corredor, a porta de entrada. Ele poderia voltar diretamente, ele tocaria a campainha: "Quem é? Sou eu." Ele também poderia telefonar tão logo chegasse em um centro de transição: "Eu voltei, estou no hotel Lutetia para as formalidades." Não haveria sinais de aviso. Ele ligaria. Ele chegaria. São coisas possíveis. De toda forma ele volta. Não é um caso especial. Não há nenhuma razão particular para ele não voltar. Não há razão para que ele volte. É possível que ele volte. Ele tocaria: "Quem é? – Sou eu." Há muitas outras coisas que acontecem nesse mesmo terreno. Acabaram atravessando o Reno. A articulação de Avranches acabou sucumbindo. Eles acabaram recuando. Eu acabei vivendo até o fim da guerra. É preciso que eu fique atenta: não seria extraordinário se ele voltasse. Isso seria normal. Deve-se tomar cuidado para não tomar o acontecimento como extraordinário. O extraordinário é inesperado. Eu tenho que ser razoável: espero por Robert L. que deve voltar.

O telefone toca: "Alô, alô, você tem notícia?" Tenho que dizer a mim mesma que o telefone serve também para isso. Não desligar, responder. Não gritar para que me deixem em paz. "Nenhuma notícia. – Nada? Nenhuma indicação? – Nenhuma. – Você sabe que Belsen foi liberado? – Sim, ontem à tarde... – Eu sei." Silêncio. Será que ainda vou perguntar? Sim. Pergunto: "O que você acha? Estou começando a ficar preocupada." Silêncio.

"Não se deve desanimar, fique firme, você, infelizmente, não é a única, eu conheço uma mãe de quatro filhos... – Eu sei, peço desculpas, tenho que sair, até logo." Coloco o telefone no gancho. Eu não saí do lugar. Não se deve fazer muitos movimentos, é energia perdida, guardar todas as forças para o suplício.

Ela disse: "Você sabe que Belsen foi libertado?" Eu não sabia disso. Mais um campo libertado. Ela disse: "Ontem à tarde." Ela não o disse, mas eu sei, as listas de nomes chegarão amanhã de manhã. É preciso descer as escadas, comprar o jornal, ler a lista. Não. Nas têmporas, ouço um palpitar que cresce. Não, eu não vou ler essa lista. Antes de mais nada, o sistema de listas, eu o estou experimentando há três semanas, não é o apropriado. E quanto mais listas houver, quanto mais aparecerem, menos nomes aparecerão nessas listas. Aparecerá até o final. Jamais ele estará nelas se for eu a lê-las. O momento de se mexer está chegando. Levantar-se, dar três passos, ir até a janela. A faculdade de medicina, ali, ainda. Os transeuntes, ainda, caminharão no momento em que descobrirei que ele não voltará nunca. Um aviso de morte. Eles começaram nesses tempos a prevenir as pessoas. A campainha toca: "Quem está aí? – Uma assistente social da prefeitura." O palpitar nas têmporas continua. Seria preciso parar esse palpitar nas têmporas. Sua morte está em mim. Ela lateja em minhas têmporas. Não há engano. Parar o palpitar nas têmporas – parar o coração – acalmá-lo – ele nunca se acalmará por si só, é preciso ajudá-lo. Parar a exorbitância da razão que foge, que abandona a mente. Visto meu casaco, desço. A zeladora está lá: "Olá sra. L.". Ela não tinha um ar diferente hoje. A rua também não. Lá fora, abril.

Na rua eu durmo. As mãos nos bolsos, bem apoiadas, as pernas avançam. Evitar as bancas de jornal. Evitar os centros de transição. Os Aliados estão avançando em todas as frentes. Até alguns dias atrás isso ainda era importante. Agora não importa. Não leio mais os informes. É completamente inútil, agora eles avançarão até o fim. De dia, a luz matinal brilha em profusão sobre o mistério nazista. Em abril, terá chegado em abril. Os exércitos aliados varrem a Alemanha. Berlim arde. O Exército Vermelho continua seu avanço vitorioso no Sul, Dresden é invadida. Avança-se em todas as frentes. A Alemanha reduzida a si mesma. O Reno é atravessado, corrido. O grande dia da guerra: a cidade de Remagen. Foi depois disso que começou. Em uma vala, a cabeça virada contra o chão, as pernas dobradas, braços esticados, ele está morrendo. Ele está morto. Em meio aos esqueletos de Buchenwald, o seu próprio. Faz calor em toda a Europa. Na estrada, ao seu lado, passam os exércitos aliados que avançam. Ele está morto há três semanas. Foi isso, foi o que aconteceu. Tenho certeza. Ando mais rápido. Sua boca está entreaberta. É noite. Ele pensou em mim antes de morrer. A dor é tão grande, ela é sufocante, ela não tem mais ar. A dor precisa de espaço. Há muita gente nas ruas, eu gostaria de caminhar em uma grande planície, sozinha. Pouco antes de morrer, ele deve ter dito meu nome. Ao longo de todas as estradas da Alemanha, há os que estão estirados em pose similar a dele. Milhares deles, dezenas de milhares, e ele. Aquele que está contido nos milhares de outros, e apenas por mim separado de milhares de outros, completamente distinto, sozinho. Tudo que se pode saber quando não se sabe nada, eu sei. Eles começaram por evacuá-los e, no último minuto, os mataram. A guerra é um dado geral, as necessidades da guerra também, a morte. Ele morreu pronunciando meu nome. Que outro nome ele poderia ter pronunciado? Aqueles que vivem de dados gerais não têm nada em comum comigo. Ninguém tem nada em comum comigo. A rua. Neste momento, em Paris, há pessoas que riem, especialmente os jovens. Agora só tenho inimigos. É noite, tenho que ir para casa e esperar ao telefone. Do outro lado também é noite. Na vala a sombra está ganhando, sua boca está agora no escuro. Sol vermelho sobre Paris, lento. Seis anos de guerra estão terminando. É o grande acontecimento do século. A Alemanha nazista está esmagada. Ele também, na vala. Tudo está no fim. Não consigo parar de andar. Estou magra, seca como uma pedra. Ao lado da vala, o parapeito da ponte des Arts, o Sena. Exatamente, é à direita da vala. A escuridão os separa. Nada no mundo me pertence mais do que esse cadáver em uma vala. A noite está vermelha. É o fim do mundo. Não estou morrendo contra ninguém. Simplicidade dessa morte. Eu terei vivido. Não me importo, não me importo quando morro. Ao morrer, não me junto a ele, eu deixo de esperar por ele. Vou advertir a D.: "É melhor morrer, o que você faria comigo?" Sutilmente, morrerei viva por ele, então, quando a morte chegar, será um alívio para D. Faço esse baixo cálculo. É preciso entrar. D. está esperando por mim. "Nenhuma novidade? – Nenhuma." Eles não me perguntam mais como estou indo, não me cumprimentam mais. Eles dizem: "Nenhuma notícia?" Eu digo: "Nenhuma." Vou me sentar perto do telefone, no sofá. Fico calada. D. está preocupado. Quando não está olhando para mim, tem um ar preocupado. Ele já está mentindo há oito dias. Digo a D.: "Diga-me alguma coisa." Ele não me diz mais que sou louca, que não tenho o direito de deixar todos malucos. Agora ele só diz: "Não há razão para que ele não volte também." Ele sorri, está magro também, seu rosto inteiro se movimenta quando sorri. Sem a presença de D., me parece que eu não poderia suportar isso. Ele vem todos os dias, às vezes duas vezes ao dia. Ele fica aqui. Acende a lâmpada na sala de estar, já está aqui há uma hora, deve ser nove da noite, ainda não jantamos.

D. está sentado longe de mim. Eu olho para um ponto fixo além da janela escura. D. me olha. Então eu olho para ele. Ele sorri para mim, mas não é de verdade. Na semana passada ele se aproximou de mim novamente, pegou minha mão e disse: "Robert voltará, eu juro." Agora sei que ele está se perguntando se seria melhor deixar de ter esperança. Às vezes, eu digo: "Desculpe-me." Depois de uma hora, digo: "Por que não há notícias?" Ele diz: "Há milhares de deportados que ainda estão nos campos, que não foram alcançados pelos Aliados, como você espera que eles te avisem?" Isso se estende por muito tempo, até que eu peça a D. que jure que Robert voltará. Então, D. jura que Robert L. voltará dos campos de concentração.

Vou para a cozinha, ponho algumas batatas para cozinhar. Fico ali. Encosto minha testa contra a borda da mesa, fecho os olhos. D. no apartamento não faz barulho, há apenas o som do gás. Parece que estamos no meio da noite. As provas me chegam todas de uma só vez, a informação: ele está morto há quinze dias. Há quinze noites, há quinze dias, abandonado em uma vala. A sola de seus pés no ar. Sobre ele a chuva, o sol, a poeira dos exércitos vitoriosos. Suas mãos estão abertas. Cada uma de suas mãos mais estimadas do que minha vida. Conhecidas por mim. Conhecidas desta maneira que é só para mim. Eu grito. Passos muito lentos na sala de estar. D. vem. Sinto duas mãos macias e firmes ao redor de meus ombros, que retiram minha cabeça da mesa. Eu estou contra D., eu digo: "Isso é terrível. – Eu sei, diz D. – Não, você não pode saber. – Eu sei, diz D., mas tente, podemos tudo." Eu não posso mais nada. Braços apertados em torno de você, isso alivia. Quase se pode acreditar que estamos melhor às vezes. Um minuto de ar respirável. Sentamos para comer. Imediatamente a vontade de vomitar retorna. O pão é aquele que ele não comeu, aquele cuja falta o fez morrer. Tenho vontade que D. saia. Ainda preciso do lugar vazio para o suplício. D. se vai. O apartamento range sob meus pés. Apago as luzes, vou para o meu quarto. Vou devagar para ganhar tempo, para não agitar as coisas na minha cabeça. Se eu não tiver cuidado, não vou dormir. Quando não durmo de jeito nenhum, o dia seguinte fica muito pior. Adormeço perto dele todas as noites, na vala escura, perto dele morto.

Abril

Vou ao centro de Orsay. Tenho muitos problemas para conseguir instalar ali o Serviço de Pesquisa do jornal *Libres*, que criei em setembro de 1944. Foi-me dito que não se tratava de um serviço oficial. O B.C.R.A.* já estava estabelecido e não queria abrir mão de seu lugar para ninguém. No início me instalei clandestinamente com documentos falsos, autorizações falsas. Conseguimos coletar muitas informações que apareceram no *Libres*, sobre comboios e transferências de campos. Muitas notícias pessoais. "Diga à família Fulana que o filho está vivo, eu o deixei ontem." Meus quatro camaradas e eu fomos postos para fora. O argumento é: "Todos querem estar aqui, é impossível. Só serão admitidos aqui os secretariados de campos de prisioneiros." Argumento que nosso jornal é lido por setenta e cinco mil parentes de deportados e prisioneiros. "É lamentável, mas o regulamento proíbe qualquer serviço não oficial de se instalar aqui." Eu digo que nosso jornal não é como os outros, que ele é o único a fazer tiragens especiais de listas de nomes. "Essa não é uma razão boa o suficiente." É um oficial sênior da missão de repatriação do

---

* Sigla de Bureau Central de Renseignement et d'Action (Escritório Central de Inteligência e Ação, em português), o serviço de informação e de ações clandestinas da França Livre, criado pelo general de Gaulle em julho de 1940. (Todas as notas são da edição, exceto quando indicadas como N.A., nota da autora).

ministério de Fresnay* que está falando comigo. Ele parece muito preocupado, está distante e aflito. É educado. Ele diz: "Lamento." Eu digo: "Eu vou me defender até o fim." Saio na direção dos escritórios. "Aonde você está indo? – Eu vou tentar ficar." Tento me espremer numa linha de prisioneiros de guerra que se estende por toda a largura do corredor. O oficial superior me diz, apontando para os prisioneiros: "Como você quiser, mas tenha cuidado, esses ainda não passaram pela assepsia. De qualquer forma, se você ainda estiver aqui hoje à noite, lamentavelmente terei que expulsá-la." Encontramos uma pequena mesa de madeira branca que colocamos na entrada do centro. Interrogamos os prisioneiros. Muitos vêm até nós. Coletamos centenas de notícias. Trabalho sem levantar o nariz, não penso em mais nada além de escrever os nomes corretamente. De tempos em tempos um oficial, muito reconhecível pelos outros, jovem, em uma camisa cáqui justa, que modela o torso, vem e nos pergunta quem somos. "O que é que é isso, Serviço de Pesquisa? Você tem uma autorização?" Mostro uma autorização falsa, que funciona. Depois é uma mulher da missão de repatriação. "O que você quer deles?" Explico que estamos ali pedindo notícias. Ela pergunta: "E o que você faz com essas notícias?" Ela é uma jovem mulher com cabelo louro platinado, terno azul-marinho, sapatos combinando, meias finas, unhas vermelhas. Digo que devemos publicá-las em um jornal chamado *Libres*, que é o jornal dos prisioneiros e deportados. Ela diz: "*Libres*? Então você não é um ministério (*sic*)?" Não. "Você está autorizada a fazer isso?" Ela assume um ar distante. Eu digo: "Vamos buscá-lo." Ela se afas-

---

* O nome Fresnay aparece algumas vezes no texto e assim está escrito no original. No entanto, tudo indica que se trate de Henri Frenay, um dos líderes da Resistência e depois, com a Liberação, ministro dos Prisioneiros, Deportados e Refugiados.

ta, nós continuamos interrogando. As coisas se tornam mais fáceis para nós por conta da extrema lentidão da passagem dos prisioneiros. Entre o momento em que descem do trem até o momento em que chegam ao primeiro escritório do circuito, o de verificação de identidade, leva duas horas e meia. Para os deportados, levará ainda mais tempo porque eles não têm documentos e estão infinitamente mais cansados, a maioria deles no limite de suas forças. Um oficial retorna, quarenta e cinco anos de idade, jaqueta cintada, tom muito seco: "O que é isso?" Explicamos novamente. Ele diz: "Já existe um serviço semelhante no centro." Eu me permito: "Como vocês levam as notícias para as famílias? Já sabemos que serão uns bons três meses antes que todos tenham podido escrever." Ele olha para mim e solta uma gargalhada: "Você não entendeu. Não se trata de notícias. Trata-se de informações sobre as atrocidades nazistas. Estamos constituindo os dossiês." Ele se afasta e depois retorna: "Quem disse que estão dizendo a verdade? É muito perigoso o que você está fazendo. Você não sabe que os milicianos estão se escondendo entre eles?". Não respondo que sou indiferente se os milicianos não forem presos. Não respondo. Ele parte. Meia hora mais tarde, um general vem diretamente à nossa mesa, seguido por um primeiro oficial e da jovem mulher de terno azul-marinho, também oficial superior. Como um policial: "Seus documentos." Eu os mostro. "Isso não é o suficiente. Você está autorizada a trabalhar de pé, mas não quero mais ver esta mesa aqui." Argumento que a mesa não ocupa muito espaço. Ele diz: "O ministro proibiu formalmente de colocar uma mesa no salão de honra (*sic*)." Ele chama dois escoteiros que retiram a mesa. Vamos trabalhar de pé. De vez em quando há o rádio, o programa se alterna, às vezes música de estilo *swing*, às vezes músicas patrióticas. A fila de prisioneiros cresce. De vez em quando vou para o guichê no fundo da sala, digo: "Ainda não há deportados? – Nenhum deportado." Uniformes em toda a estação. Mulheres de uniforme, missões de repatriação. Perguntamo-nos de onde surgem essas pessoas, essas roupas perfeitas após seis anos de ocupação, esses sapatos de couro, essas mãos, esse tom altivo, mordaz, sempre desdenhoso, seja em fúria, seja em condescendência, em simpatia. D. me diz: "Olhe bem para eles, não se esqueça deles." Pergunto de onde vem isso, por que isso está de repente aqui conosco, mas acima de tudo quem é. D. me diz: "A Direita. A Direita é isso. O que você vê é o pessoal gaullista que está ocupando seus lugares. A Direita se encontrou no gaullismo mesmo durante a guerra. Você verá que eles serão contra qualquer movimento de resistência que não seja diretamente gaullista. Eles irão ocupar a França. Eles se creem a França tutelar e pensante. Eles envenenarão a França por muito tempo, teremos que nos acostumar com eles." Elas falam dos prisioneiros dizendo "esses pobres garotos". Elas falam uma com a outra como se estivessem numa sala. "Diga-me minha cara... meu caro..." Com algumas exceções, elas têm o sotaque da aristocracia francesa. Elas estão ali para dar informações aos prisioneiros sobre os horários de partida dos trens. Elas têm o sorriso específico das mulheres que querem que percebamos sua grande fadiga, mas também seu esforço para escondê-la. Nos falta ar aqui. Elas estão realmente muito preocupadas. De vez em quando, os oficiais vêm vê-las, eles trocam cigarros ingleses: "Então, sempre incansável? – Como você pode ver, meu capitão." Risos. O salão de honra ressoa com o som de passos, conversas sussurradas, de medos, reclamações. Isso sempre acontece. Os caminhões desfilam. Eles vêm de Bourget. Em grupos de cinquenta, os prisioneiros desembarcam no centro. Quando um grupo aparece, rapidamente a música começa: *"É a estrada que vai, vai, vai e nunca termina...*" Quando os grupos são mais importantes, é "A Marselhesa". Silêncios entre canções, mas muito curtos. Os "pobres rapazes" olham ao redor do salão de honra, todos sorridentes. Os oficiais de repatriação os alinham: "Vamos lá, meus amigos, para a fila." Eles fazem fila e continuam sorrindo. Os primeiros a chegar ao balcão de identificação dizem: "É demorado", mas sempre sorrindo gentilmente. Quando solicitam deles informações, eles deixam de sorrir, tentam se lembrar. Esses dias em que eu estava na estação de l'Est, uma dessas moças chamou a atenção de um soldado da Legião, mostrou suas listras: "Então, meu amigo, vocês não fazem a saudação, vocês podem ver que eu sou capitã (*sic*)." O soldado olhou para ela, ela era linda e jovem e ele riu. A moça saiu correndo: "Que mal-educado." Fui até o chefe do centro para tratar do caso do Serviço de Pesquisa. Ele nos permitiu ficar lá, mas no fim do circuito, no fim da fila, ao lado do armário. Enquanto não houver comboios de deportados, eu posso aguentar. Ele volta pelo Lutetia, por Orsay, por enquanto só há pessoas isoladas. Tenho medo de que Robert L. apareça. Quando anunciam os deportados, deixo o centro, está combinado com meus camaradas, não volto até que os deportados tenham partido. Quando volto, os camaradas me acenam de longe: "Nada. Ninguém conhece Robert L." À noite, vou ao jornal, forneço as listas. Todas as noites eu digo ao D.: "Amanhã eu não voltarei para Orsay."

20 de abril

Chega hoje o primeiro comboio de deportados políticos de Weimar. Recebo um telefonema do centro pela manhã. Eles me dizem que eu posso ir, que só chegarão à tarde. Eu vou lá pela manhã. Vou ficar lá o dia todo, o dia inteiro. Não sei mais onde me enfiar para me aguentar.

    Orsay. Fora do centro, há as esposas dos prisioneiros de guerra coaguladas numa massa compacta. As grades brancas as separam dos prisioneiros. Elas gritam: "Você tem notícias do Fulano?" Algumas vezes os soldados param, alguns deles respondem. Às sete da manhã, há mulheres já presentes. Algumas ficam até as três da manhã e voltam no dia seguinte às sete. Mas no meio da noite, entre três e sete da manhã, também há aquelas que ali permanecem. É proibida a elas a entrada no centro. Muitas pessoas que não estão esperando por ninguém também vêm à estação d'Orsay para ver o espetáculo, a chegada dos prisioneiros de guerra e a maneira como as mulheres esperam por eles, e todo o resto, para ver como acontece, talvez não volte a acontecer nunca mais. Distinguimos os espectadores dos outros pelo fato de que eles não gritam e se mantêm um pouco afastados da massa de mulheres para ver tanto a chegada dos prisioneiros como o acolhimento de suas mulheres. Os prisioneiros de guerra chegam em ordem. À noite eles chegam em grandes caminhões americanos, eles surgem em plena luz. As mulheres gritam, elas batem palmas. Os prisioneiros param, confusos, atônitos. Durante o dia, as mulheres gritam assim que veem os caminhões saindo da ponte de Solferino. À noite, elas gritam assim que eles diminuem a velocidade, pouco antes do centro. Elas berram nomes de cidades alemãs: "Noyeswarda?",* "Kassel?", ou números de estaleiros: "VII A?", "Kommando III A?" Os prisioneiros parecem surpresos, chegam de Bourget e da

---

* Eu não encontrei este lugar nos mapas, eu certamente escrevi como eu ouvi. (N.A)

Alemanha, às vezes eles respondem, na maioria das vezes não entendem muito bem o que nós queremos deles, sorriem, olham para trás, para as mulheres francesas, são as primeiras que reveem. Eu trabalho mal, todos esses nomes que eu adiciono não são jamais o dele. A cada cinco minutos, a vontade de terminar, repousar o lápis, de parar de pedir notícias, de deixar o centro para o resto da minha vida. Por volta de duas horas da tarde, vou perguntar a que horas chega o comboio de Weimar, saio do circuito, procuro alguém a quem me dirigir. Em um canto do salão de honra, vejo uma dúzia de mulheres sentadas no chão e com quem uma coronel está falando. Me aproximo delas. A coronel é uma mulher alta de terno azul-marinho, com a cruz de Lorena* em sua lapela, com seus cabelos brancos encaracolados com chapa e ligeiramente azulados. As mulheres olham para ela, parecem extenuadas, mas escutam boquiabertas o que diz a coronel. Ao seu redor há sacos de pano, malas amarradas e também uma criança pequena que dorme em um saco de pano. Estão muito sujas e seus rostos estão descompostos. Duas delas têm uma barriga enorme. Outra mulher oficial observa, um pouco à distância. Vou até ela e pergunto o que está acontecendo. Ela me olha, baixa os olhos e diz de maneira recatada: "Voluntárias S.T.O."** A coronel lhes diz para se levantarem e a seguirem. Elas se levantam e a seguem. Se elas têm essa cara assustada é porque acabam de ser vaiadas pelas mulheres dos prisioneiros de guerra que esperam na porta do centro. Há alguns dias, testemunhei a chegada de voluntárias S.T.O. Chegaram como

---

* Símbolo das Forças Armadas da França Livre e da Resistência francesa.

** O S.T.O. (Service du Travail Obligatoire), instituído pelo governo de Vichy em setembro 1942, consistia no envio de mão de obra especializada voluntária para a Alemanha, em troca de prisioneiros de guerra (três trabalhadores por um prisioneiro).

os outros, sorrindo, depois, pouco a pouco, compreenderam e então assumiram esse mesmo rosto descomposto. A coronel se dirige à jovem mulher de uniforme que me informou, ela aponta para as mulheres: "O que fazemos com elas?" A outra diz: "Não sei." A coronel teve que lhes dizer que elas eram lixo. Algumas choram. As que estão grávidas têm os olhos fixos. A coronel disse-lhes que se sentassem de novo. Elas se sentam. A maioria delas é operária, suas mãos estão sujas de óleo das máquinas alemãs. Duas delas são provavelmente prostitutas, estão maquiadas, seus cabelos são tingidos, mas elas também tiveram que trabalhar nas máquinas, têm as mesmas mãos encardidas. Chega um oficial de repatriação: "O que é isso? – Voluntárias S.T.O." A voz da coronel é estridente, ela se volta para as voluntárias e ameaça: "Sentem-se e fiquem quietas. Isso está entendido? Não pensem que vamos deixá-las ir embora assim…" Com gestos, ela ameaça as voluntárias. O oficial de repatriação se aproxima do grupo de voluntárias, olha para elas, e na frente delas, pergunta à coronel: "Você tem alguma ordem?" A coronel: "Não, e você? – Me falaram em seis meses de detenção." A coronel aprova com sua bela cabeça encaracolada: "Isso não será roubado…" O oficial sopra baforadas de fumaça – Camel – sobre o monte de voluntárias que acompanham a conversa, os olhos vidrados: "Tudo bem!", e ele se afasta, jovem, elegante, um cavaleiro, o Camel na mão. As voluntárias olham e ficam atentas a qualquer sinal do destino que as espera. Nenhuma indicação. Paro a coronel que está partindo: "Você sabe a que horas o comboio de Weimar chega?" Ela me olha atentamente: "Três horas." Volta a me olhar de novo e de novo, me julgando, e então me diz, um pouco exasperada: "Não adianta entulhar o centro de espera, aqui há somente generais e prefeitos, vão para casa." Eu não esperava por isso. Acho que eu a insulto. Digo: "E quanto aos outros?" Ela se endireita. "Tenho horror dessa mentalidade! Vá e reclame em outro lugar, minha querida." Ela está tão indignada que vai e conta a um pequeno grupo de mulheres, também de uniforme, que escutam a história, ficam indignadas e olham para mim. Vou até uma delas. Eu digo: "Essa aí não está esperando por ninguém?" Ela olha para mim, escandalizada. Tenta me acalmar. Diz: "Ela tem tanto a fazer, coitada, está nervosa." Volto para o Serviço de Pesquisa no fim do circuito. Pouco tempo depois, volto ao salão de honra. D. está me esperando lá com uma autorização falsa.

Por volta das três horas, um rumor: "Aí vêm eles." Deixo o circuito, estou na entrada de um pequeno corredor, de frente para o salão de honra. Eu espero. Sei que Robert L. não estará presente. D. está ao meu lado. Está encarregado de averiguar os deportados para descobrir se conheciam Robert L. Está pálido. Ele não quer saber de mim. Há um grande burburinho no salão de honra. As mulheres fardadas se ocupam das voluntárias e fazem-nas sentar no chão em um canto. O salão de honra está vazio. Há uma pausa na chegada de prisioneiros de guerra. Os agentes de repatriação circulam. O microfone também para. Eu ouço: "O ministro." Eu reconheço Fresnay entre os oficiais. Ainda estou no mesmo lugar na entrada do pequeno corredor. Olho para a entrada. Sei que Robert L. não tem nenhuma chance sequer de estar lá. Mas talvez D. descubra alguma coisa. Não estou bem. Estou tremendo. Estou com frio. Me apoio contra a parede. De repente, há um rumor: "Lá estão eles!" Lá fora, as mulheres não gritaram. Elas não aplaudiram. De repente, dois escoteiros emergem do corredor de entrada carregando um homem. O homem enlaça os dois pelo pescoço. Os escoteiros o carregam com os braços cruzados sob suas coxas. O homem está vestido com roupas civis, barbeado, parece muito sofrido. Ele tem uma cor estranha. Deve estar chorando. Não se pode dizer que é magro, é outra coisa, resta muito pouco de si mesmo, tão pouco que se duvida que esteja vivo. Mas não, ele ainda vive, seu rosto se convulsiona em uma careta assustadora, ele vive. Ele não olha para nada, nem para o ministro, nem para a salão de honra, nem para as bandeiras, nada. Sua careta, talvez ele esteja rindo. É o primeiro deportado de Weimar que entra no centro. Sem me dar conta, avancei, estou no meio do salão de honra, de costas para o microfone. Outros dois escoteiros seguem apoiando um outro velho. Depois uma dúzia deles chegam, estes parecem melhores do que os primeiros. Apoiados, eles caminham. Os fazem sentar nos bancos de jardim que foram instalados na sala. O ministro vai em direção a eles. O segundo que entrou, o velho, está chorando. Não podemos saber se ele é assim tão velho, talvez tenha vinte anos, não se pode dizer quantos anos ele tem. O ministro aparece e se aproxima, vài em direção ao velho, estende a ele sua mão, o velho a agarra, ele não sabe que é a mão do ministro. Uma mulher de uniforme azul lhe grita: "É o ministro! Ele veio para recebê-lo!" O velho continuou a chorar, não levantou a cabeça. De repente, vejo o D. sentado ao lado do velho. Eu sinto muito frio, eu bato os dentes. Alguém se aproxima de mim: "Não fique aí, não leva a nada, isso te deixa doente." Eu o conheço, ele é um cara do centro. Eu fico. D. começou a falar com o velho. Recapitulo rapidamente. Há uma chance em dez mil de que este velho tenha conhecido Robert L. Estão começando a dizer em Paris que os militares têm listas de sobreviventes de Buchenwald. Além do velho que chora e dos reumáticos, os outros não parecem estar em muito mau estado. O ministro está sentado com eles, assim como alguns oficiais superiores. D. fala com o velho por um longo tempo. Eu olho apenas para o rosto de D. Acho que isso está se arrastando. Então avanço muito lentamente em direção ao banco, no campo de visão de

D. D. me vê, me olha e com a cabeça faz o sinal: "Não, ele não conhece." Me afasto. Estou muito cansada, tenho vontade de me estirar no chão. Agora as mulheres de uniforme trazem tigelas para os deportados. Eles comem, e enquanto comem, respondem a perguntas que lhes são feitas. O que é impressionante é que o que é dito não parece lhes interessar. Amanhã saberei pelos jornais, há entre estas pessoas, estes velhos: o general Challe; seu filho Hubert Challe – que iria morrer nesta mesma noite, a mesma noite em que chegou – um estudante em Saint-Cyr; o general Audibert; Ferrière, diretor da Régie des Tabacs; Julien Cain, administrador da Biblioteca Nacional da França; o general Heurteaux; Marcel Paul; o professor Suard, da Faculdade de Medicina em Angers; o professor Richet; Claude Bourdet; o irmão de Teitgen; o ministro da Informação, Maurice Nègre...

Deixei o centro por volta das cinco horas da tarde, passo pelo cais. O tempo está bom, é um lindo dia ensolarado. Mal posso esperar para chegar em casa, para me trancar com o telefone, para encontrar a vala escura. Assim que eu deixo o cais e tomo a rua de Bac, a cidade se torna distante novamente, e o centro de Orsay desaparece. Talvez ele volte mesmo assim. Eu não sei mais. Estou muito cansada. Estou muito suja. Também passo parte das minhas noites no centro. Tenho que decidir tomar banho quando chegar em casa, deve fazer oito dias que não me lavo mais. Sinto muito frio na primavera, a ideia de me lavar me faz tremer, é como uma febre fixa que não vai mais embora. Essa noite penso em mim. Nunca conheci uma mulher mais covarde do que eu. Recapitulo, mulheres que esperam como eu, não, nenhuma é tão covarde assim. Conheço algumas muito corajosas. Extraordinárias. Minha covardia é tanta que não a qualificamos mais, exceto por D. Meus camaradas do Serviço de Pesquisa me consideram uma pessoa doente. D. me diz: "Sob nenhuma circunstância temos o direito de nos anular a esse ponto." Ele me diz com frequência: "Você é doente. Você é louca. Olhe para si mesma, você não se parece mais com nada." Eu não consigo compreender o que estão tentando me dizer. [Mesmo agora enquanto retranscrevo estas coisas da minha juventude, não compreendo o sentido destas frases.] Nem por um segundo vejo a necessidade de ter coragem. Minha própria covardia seria talvez isso de ter coragem. Suzy tem coragem por seu garotinho. Quanto a mim, a criança que tive com Robert L. morreu ao nascer – também da guerra – os médicos raramente se deslocavam à noite durante a guerra, não tinham gasolina suficiente. Portanto, estou sozinha. Por que economizar forças no meu caso? Nenhuma luta me é oferecida. Aquela que vivo, ninguém pode saber. Eu luto contra as imagens da vala escura. Há momentos em que a imagem é mais forte, então eu grito ou saio e caminho por Paris. D. diz: "Quando você olhar para trás, mais tarde, você terá vergonha." As pessoas estão nas ruas como de costume, há filas em frente ao comércio, já há algumas cerejas, é por isso que as mulheres estão esperando. Compro um jornal. Os russos se encontram em Strausberg, talvez até mais longe, na periferia de Berlim. As mulheres que fazem fila para as cerejas esperam a queda de Berlim. Eu espero. "Eles vão ver, vão ter o que merecem", dizem as pessoas. O mundo inteiro espera. Todos os governos do mundo estão de acordo. O coração da Alemanha, dizem os jornais, quando tiver parado de bater, tudo isso estará acabado. A cada oitenta metros, Júkov* colocou canhões que, a sessenta quilômetros ao redor de Berlim, bombardeiam a cidade.

---

* General russo Gueorgui Júkov.

Berlim está em chamas. Será queimada até as raízes. Entre suas ruínas, o sangue alemão escorrerá. Às vezes, parecemos sentir o cheiro desse sangue. Vê-lo. Um padre prisioneiro trouxe um órfão alemão ao centro. Ele o segurava pela mão, estava orgulhoso disso, o mostrava, explicava como o havia encontrado, que a pobre criança não tinha culpa. As mulheres o olhavam torto. Ele se dava o direito de perdoar, de já absolver. Ele não tinha voltado de nenhuma dor, de nenhuma espera. Ele se permitia exercer esse direito de perdoar, de absolver ali, de súbito, no presente, sem nenhum conhecimento do ódio em que sentíamos, terrível e bom, reconfortante como a fé em Deus. Então do que ele estava falando? Nunca um padre pareceu tão incongruente. As mulheres desviavam o olhar para o lado, cuspiam sobre o sorriso satisfeito de clemência e de clareza. Ignoravam a criança. Tudo se dividia. De um lado, estava a frente das mulheres, compacta, irredutível. E do outro, este homem solitário que estava certo em uma linguagem que as mulheres não entendiam mais.

Abril

Monty* teria atravessado o Elba, mas não é certo, os objetivos de Monty são menos claros do que os de Patton. Patton vai em frente. Patton alcançou Nuremberg. Monty teria chegado a Hamburgo. A esposa de David Rousset telefona: "Eles estão em Hamburgo. Durante vários dias eles não dirão nada sobre os campos de Hamburg-Neuengamme." Ela tem estado muito

---

* Marguerite descreve as ações em curso dos generais aliados Bernard Montgomery e George Patton.

preocupada nos últimos dias, e com razão. David estava lá, em Bergen-Belsen. Os alemães fuzilavam. O avanço dos Aliados é muito rápido, eles não têm tempo de deslocar as pessoas, eles fuzilam. Ainda não sabemos que às vezes, quando eles não têm tempo de fuzilar, eles os deixam lá. A Halle foi limpa. Chemnitz foi tomada, ficou para trás em direção a Dresden. Patch limpa Nuremberg. Georges Bidault conversa com o presidente Truman sobre a Conferência de São Francisco. Eu ando pelas ruas. Nós estamos cansadas, cansadas. Em *Libération-soir*: "Ninguém nunca mais falará de Vaihingen. Nos mapas, o verde suave das florestas descerá até o Enz... O relojoeiro morreu em Stalingrado, o barbeiro servia em Paris, o idiota ocupava Atenas. Agora a rua principal está desesperadamente vazia com seus pavimentos que jazem como peixes mortos." Cento e quarenta mil prisioneiros de guerra foram repatriados. Até agora sem número de deportados. Apesar de todos os esforços feitos pelos serviços ministeriais, ainda não vimos o suficiente. Os prisioneiros esperam por horas nos jardins de Tuileries. É anunciado que a Noite do Cinema terá um impacto excepcional este ano. Seiscentos mil judeus foram presos na França. Já é dito que retornará um em cada cem. Assim, seis mil voltarão. Ainda acreditamos nisso. Ele poderia voltar com os judeus. Faz um mês que ele poderia ter nos dado alguma notícia. Por que não com os judeus? Me parece que já esperei tempo suficiente. Estamos cansadas. Haverá outra chegada de deportados de Buchenwald. Uma padaria aberta, talvez devesse comprar pão, para não desperdiçar os tíquetes. É criminoso deixar tíquetes serem desperdiçados. Há pessoas que não esperam por nada. Há também pessoas que não esperam mais. Anteontem à noite, quando voltava do centro, fui avisar uma família na rua Bonaparte. Toquei a campainha, alguém veio, eu disse: "É do centro de Orsay, seu filho está voltando, ele está em boa saúde." A senhora já sabia, o filho tinha escrito há cinco dias. D. esperava por mim atrás da porta. Eu disse: "Eles sabiam sobre seu filho, ele escreveu. Então eles podem escrever." D. não respondeu. Isso foi há dois dias. Todos os dias espero menos. À noite, minha zeladora me espia em frente à porta, ela me diz para ir ver a sra. Bordes, a zeladora da escola. Eu lhe digo que irei de manhã, que ela não precisa se preocupar porque hoje era o Stalag VII A* que estava voltando, que ainda não era o caso do III A. A zeladora corre para contar a ela. Eu subo lentamente, estou ofegante pela fadiga. Deixei de ir ver a sra. Bordes, vou tentar ir amanhã de manhã. Estou com frio. Vou sentar-me novamente no sofá perto do telefone. É o fim da guerra. Eu não sei se tenho sono. Já faz algum tempo que não sinto mais sono. Eu desperto, então sei que dormi. Eu me levanto, colo minha testa contra a vidro. Lá embaixo, na Saint-Benoît, está cheio, uma colmeia. Há um menu clandestino para aqueles que podem pagar. É fora do comum esperar assim. Eu nunca saberei nada. Só sei que ele teve fome durante meses e que nunca mais viu um pedaço de pão antes de morrer, nem mesmo uma vez. O último desejo dos que vão morrer, ele não o obteve. Desde 7 de abril, eu tenho uma escolha. Ele estava talvez entre os dois mil fuzilados de Belsen. Em Mittel-Glattbach encontraram mil e quinhentos corpos em uma vala comum. Por toda parte, em todas as estradas, filas de homens abatidos, eles são levados, eles não sabem para onde, nem os *kapos*,** nem os chefes. Hoje os vinte mil sobreviventes de Buchenwald saúdam os cinquenta e um mil mortos do campo. Fuzilados na véspera da chegada dos Aliados. A algumas

---

* Campo de prisioneiros de guerra na Alemanha.

** Funcionários prisioneiros dos campos de concentração designados para supervisionar os trabalhos forçados.

horas de lá, ser morto. Por quê? Dizem: "Para que não contem."
Em alguns campos, os Aliados encontraram os corpos ainda
quentes. O que se faz no último segundo quando se perde a
guerra? Quebram-se pratos, quebram-se cristais a pedradas, ma-
tam-se cães. Eu não rogo mais praga aos alemães, a isso não se
pode mais chamar assim. Posso ter me revoltado contra eles por
um tempo, era um sentimento claro, nítido, a ponto de querer
massacrá-los, toda a população de habitantes da Alemanha, var-
rê-los da face da terra, fazer com que isso não seja mais possível.
Agora, entre o amor que eu nutro por ele e o ódio que eu tenho
deles, não sei mais distinguir. São duas faces da mesma moeda:
de um lado está ele, o peito de frente para o alemão, a esperança
de doze meses afundando em seus olhos, e do outro lado estão
os olhos do alemão, mirando. Eis as duas faces da moeda. É
preciso escolher uma delas, ele rolando na vala ou o alemão que
recoloca a metralhadora em seus ombros e se vai. Não sei se devo
cuidar de recebê-lo em meus braços e deixar o alemão fugir ou
deixar Robert L. e me encarregar do alemão que o matou e ar-
rancar-lhe os olhos, que não viram os seus. Há três semanas eu
venho me dizendo que eles devem ser impedidos de matar quando fogem. Ninguém propôs nada. Poderíamos ter enviado co-
mandos de paraquedistas que poderiam ter mantido os campos
por vinte e quatro horas antes da chegada dos Aliados. Jacques
Auvray tinha tentado resolver isso, desde agosto de 1944. Não
foi possível porque Fresnay não quis que a iniciativa fosse tomada por um movimento de resistência. Ele, ministro para os Prisioneiros de Guerra e Deportados, ele não tinha os meios para
fazê-lo. Então deixou fuzilar. Agora, até o último campo de
concentração libertado, haverá fuzilados. Não há mais nada a ser
feito para os impedir. Nas minhas duas faces da mesma moeda,
atrás do alemão está Fresnay, olhando. Minha testa contra o

vidro frio, é bom. Não consigo mais segurar minha cabeça. Minhas pernas e meus braços estão pesados, mas menos do que minha cabeça. Não é mais uma cabeça, e sim um abcesso. O vidro é fresco. Em uma hora D. estará aqui. Fecho meus olhos. Se ele voltasse, nós iríamos para o mar, isso é o que mais lhe daria prazer. Acho que vou morrer de qualquer maneira. Se ele voltar, eu morrerei também. Se ele tocasse a campainha: "Quem está aí. – Eu, Robert L.", tudo o que eu poderia fazer seria abrir a porta e morrer. Se ele voltar, iremos para o mar. Será verão, o auge do verão. Entre o momento em que abro a porta e o momento em que estamos de frente para o mar, estou morta. Em uma espécie de sobrevivência, eu vejo que o mar é verde, que há uma praia um pouco alaranjada, a areia. Dentro da minha cabeça a brisa salgada que impede o pensamento. Eu não sei onde ele está no momento em que vejo o mar, mas sei que ele vive. Que ele está em algum lugar na terra, no seu lugar, respirando. Posso então me deitar na areia e descansar. Quando ele voltar, iremos para o mar, um mar quente. Isso é o que mais lhe agradará, e que mais o fará bem. Ele chegará, ele alcançará a praia, ficará de pé na areia e verá o mar. Para mim, olhar para ele será o suficiente. Eu não peço nada por mim mesma. Minha cabeça contra o vidro. Talvez seja eu quem esteja chorando. Entre seiscentos mil, uma que chora. Esse homem em frente ao mar é ele. Na Alemanha, as noites eram frias. Lá, na praia, ele sai de camiseta e conversa com D. Eles são absorvidos pela conversa. Eu estarei morta. Assim que ele voltar eu morrerei, não pode ser de outra forma, é o meu segredo. D. não sabe. Eu escolhi esperar por ele como estou esperando, até morrer. Isso é da minha conta. Volto para o sofá, deito-me. D. toca a campainha. Vou abrir a porta: "Nada? – Nada." Ele se senta na sala de estar ao lado do sofá. Eu digo: "Eu acho que não dá para ter muita esperança."

D. parece aborrecido, não responde. Continuo: "Amanhã é vinte e dois de abril, vinte por cento dos campos estão libertados. Eu vi Sorel no centro, que me disse que voltará um em cada cinquenta." D. não tem força para me responder, mas eu continuo. A campainha da porta toca. É o cunhado de Robert L.: "Então? – Nada." Ele balança a cabeça, pensa e depois diz: "É uma questão de comunicação, eles não podem escrever." Eles dizem: "Não há um correio regular na Alemanha." Eu digo: "O que é certo é que temos notícias dos que estão em Buchenwald." Lembro que o comboio de Robert L., o de 17 de agosto, chegou em Buchenwald. "Como você sabe que ele não foi transferido para outro lugar no início do ano?" Eu lhes digo para saírem, para irem para casa. Escuto eles falarem por um tempo e depois cada vez menos. Há longos silêncios na conversa e, de repente, as vozes voltam. Sinto alguém agarrar meu ombro: é o D. Eu tinha adormecido. D. grita: "O que há de errado com você? O que você tem que dorme assim?" Eu volto a dormir. Quando acordo, M. já se foi. D. vai buscar um termômetro. Tenho febre.

Na febre, eu a vejo novamente. Ela estava na fila há três dias com os outros da rua des Saussaies. Ela devia ter vinte anos de idade. Ela tinha uma barriga enorme que se projetava para fora do seu corpo. Ela estava lá por um fuzilado, seu marido. Ela tinha recebido um aviso para vir pegar as coisas dele. Ela veio. Ela ainda estava com medo. Vinte e duas horas na fila para pegar as coisas dele. Ela tremia apesar do calor. Ela falava e falava sem parar. Ela queria levar as coisas dele de volta para revê-las. Sim, ela ia dar à luz dentro de quinze dias, a criança não conheceria seu pai. Na fila, ela lia e relia às vizinhas sua última carta: "Diga ao nosso filho que fui corajoso." Ela falava, ela chorava, ela não conseguia guardar nada dentro de si. Eu penso nela porque ela não está mais esperando. Me pergunto se a reconheceria na rua, esqueci seu rosto, tudo o que posso ver dela é aquela barriga enorme que parecia saltar do corpo, aquela carta em sua mão como se ela quisesse dá-la. Vinte anos de idade. Ela tinha recebido um banco dobrável. Ela tentou sentar-se, mas se levantou novamente, ela só conseguia se apoiar de pé.

Domingo, 22 de abril de 1945

D. dormiu aqui. Não houve telefonemas ontem à noite. Eu tenho que ir ver a sra. Bordes. Faço um café muito forte e tomo um comprimido de Corydrane. A tontura vai cessar, assim como esta vontade de vomitar. Vai ficar melhor. É domingo, não há correio. Levo um café para o D. Ele me olha com um sorriso muito doce: "Obrigado, minha pequena Marguerite." Eu grito que não. Meu nome me causa horror. Depois do Corydrane, a gente transpira intensamente e a febre cai. Hoje eu não irei nem ao centro, nem à gráfica. Tenho que comprar o jornal. Outra foto de Belsen, uma vala muito longa na qual os cadáveres estão alinhados, corpos magros como nunca se viu antes. "O coração de Berlim está a quatro quilômetros da frente." "O comunicado russo quebra com sua habitual discrição." O sr. Pleven finge governar a França, ele anuncia o restabelecimento dos salários, a revalorização dos produtos agrícolas. O sr. Churchill diz: "Não temos que esperar por muito mais tempo." A junção entre os Aliados e os russos acontecerá talvez hoje. Debû-Bridel protesta contra as eleições, que serão realizadas sem os deportados e prisioneiros de guerra. A segunda página da *F.N.* anuncia que mil deportados foram queimados vivos em um celeiro na manhã do dia 13 abril, perto de Magdeburg. Em *L'Art et la guerre*, Frédéric Noël diz: "Alguns imaginam que a revolução artística resulta da guerra, na realidade, as guerras atuam em outros níveis." Simpson leva vinte mil prisioneiros. Monty conheceu Eisenhower. Berlim queima: "Stalin deve ver de seu posto de comando um maravilhoso e terrível espetáculo." Nas últimas vinte e quatro horas, foram vinte e sete alertas em Berlim. Ainda há pessoas vivas. Chego à casa da sra. Bordes. O filho está na entrada. A filha está chorando em um sofá. A casa está suja e em desordem, escura. A casa está cheia de lágrimas da sra. Bordes, parece com a França. "Aqui estamos nós", diz o filho, "ela não quer mais se levantar." A sra. Bordes está deitada, ela me olha, está desfigurada pelos choros. Ela diz: "Bem, é isso mesmo." Começo de novo: "Não há razão para se colocar nesse estado, a III A ainda não voltou." Ela bate com o punho em sua cama, grita: "Você já me disse isso oito dias atrás. – Eu não estou inventando, leia o jornal. – No papel, não está claro." Ela é teimosa, ela não quer mais olhar para mim. Ela diz: "Você está me dizendo que ele não volta, é o que se diz por todo canto, nas ruas." Eles sabem que eu vou com muita frequência ao ministério de Fresnay, no Serviço de Pesquisa. Se eu souber como manejar isso, a sra. Bordes estará de pé novamente por três dias. A fadiga. É verdade que o III A deveria ter sido liberado há dois dias. A sra. Bordes está esperando que eu fale com ela. Lá nas estradas, um homem sai de uma coluna. Rajadas de metralhadora. Tenho vontade de deixá-la morrer. Mas o filho jovem olha para mim. Então lemos a crônica: "Aqueles que retornam…" e inventamos. Vou comprar pão, volto lá para cima. D. toca piano. Ele sempre tocou piano, em todas as circunstâncias de sua vida. Me sento no sofá. Eu não ouso dizer-lhe para não tocar piano. Me dá dor de cabeça e faz a náusea voltar. É curioso, no entanto, que não haja nenhuma notícia até o momento. Eles têm outra coisa a fazer. Milhões de homens estão esperando a consumação do fim. A

Alemanha está fervendo. Berlim está em chamas. Mil cidades são arrasadas. Milhões de civis fogem: o eleitorado de Hitler está em fuga. A cada minuto, cinquenta bombardeiros deixam os campos de aviação. Aqui, as eleições municipais estão sendo preparadas. A repatriação de prisioneiros de guerra também. Falou-se em mobilizar carros civis e apartamentos, mas não nos atrevemos, por medo de desagradar aos proprietários. De Gaulle não queria. De Gaulle falou de seus deportados políticos apenas em terceiro lugar, depois de ter falado de sua Frente da África do Norte. No dia 3 de abril, De Gaulle disse essa frase criminosa: "Os dias de pranto acabaram. Os dias de glória voltaram." Nunca perdoaremos. Ele também disse: "Entre os pontos da terra que o destino escolheu para fazer seus julgamentos, Paris foi sempre simbólica... Foi assim quando a rendição de Paris, em janeiro de 1871, consagrou o triunfo da Alemanha prussiana... Foi assim nos famosos dias de 1914... Foi assim novamente em 1940." Ele não fala sobre a Comuna. Ele diz que a derrota de 1870 consagrou a existência da Alemanha prussiana. A Comuna, para De Gaulle, consagra a viciosa propensão do povo a acreditar em sua própria existência, em sua própria força. De Gaulle, apologista da direita por definição – se dirige a ela quando fala, e somente ela – queria sangrar do povo a sua força viva. Ele queria o povo fraco e adepto, queria que fosse gaullista como a burguesia, queria que fosse burguês. De Gaulle não fala dos campos de concentração, é impressionante até que ponto ele não fala sobre eles, até que ponto ele está obviamente relutante em integrar a dor do povo na vitória, por medo de enfraquecer seu próprio papel, o de De Gaulle, de diminuir sua importância. É ele quem exige que as eleições municipais sejam realizadas agora. Ele é um oficial ativo. Ao fim de três meses, ao meu redor, as pessoas o julgam, o rejeitam para sempre. Também nós, as mulheres, o odiamos.

Mais tarde ele dirá: "A ditadura da soberania popular acarreta riscos que a responsabilidade de um só deve temperar." Ele alguma vez falou do perigo incalculável da responsabilidade do líder? O reverendo padre Panice disse, em Notre-Dame, sobre a palavra revolução: "Revolta popular, greve geral, barricadas... Faria um belo filme. Mas existe alguma revolução que não seja outra coisa que espetacular? Mudança real? Profunda? Duradoura? Veja 1789, 1830, 1848. Após um período de violência e de alguma turbulência política, o povo se cansa, tem que ganhar a vida e voltar ao trabalho." O povo deve ser desencorajado. Panice também diz: "Quando se trata do adequado, a Igreja não hesita, ela aprova." De Gaulle declarou luto nacional pela morte de Roosevelt. Nenhum luto nacional para os deportados mortos. Os Estados Unidos devem ser poupados. A França estará de luto por Roosevelt. O luto do povo não tem lugar.

Junto a essa espera não se pode mais existir. Mais imagens passam por nossas cabeças do que o que acontece nas estradas da Alemanha. Tiros de metralhadora a cada minuto dentro da cabeça. E duramos, essas balas não matam. Fuzilado no caminho. Morreu com o estômago vazio. Sua fome gira em torno de sua cabeça como um abutre. Impossível dar-lhe qualquer coisa. Sempre se estenderá o pão ao vazio. Não sabemos nem mesmo se ele ainda precisa de pão. Compramos mel, açúcar, macarrão. Diz-se: se ele estiver morto, eu vou queimar tudo. Nada pode diminuir a sensação de queimação de sua fome. Se morre de câncer, de acidente de carro, de fome, não, não se morre de fome, se é aniquilado antes. O que a fome faz é completado por uma bala no coração. Gostaria de poder dar a ele minha vida. Não posso dar a ele um pedaço de pão. Isso não se chama mais pensar, tudo está suspenso. A sra. Bordes e eu estamos no presente. Podemos planejar um dia a mais de vida. Não podemos mais planejar três dias, comprar manteiga ou pão por três dias seria um insulto à boa vontade de Deus. Estamos seladas a Deus, agarradas a algo como Deus. "Todas as besteiras", me diz D., "todas as idiotices, você terá dito." A sra. Bordes também. Agora, há pessoas que dizem: "Você tem que pensar sobre o acontecimento." D. me diz isso: "Você deveria tentar ler. Deveríamos ser capazes de ler não importa o que aconteça." Tentamos ler, teremos tentado de tudo, mas o encadeamento das frases não acontece mais, no entanto suspeitamos que ele exista. Mas, às vezes, acreditamos que ele não existe mais, que nunca existiu, que a verdade é agora. Um outro elo nos prende: o que liga os corpos deles à nossa vida. Talvez ele já esteja morto há quinze dias, tranquilo, deitado naquela vala escura. Os animais já correm sobre ele, o habitam. Uma bala na nuca? No coração? Nos olhos? Sua boca pálida contra a terra alemã, e eu ainda espero porque não é bem certo, que talvez reste um segundo para ocorrer. Porque de um segundo para outro ele vá talvez morrer, mas isso ainda não está feito. Assim, segundo após segundo, a vida vai nos deixando também, todas as chances são perdidas, e da mesma forma a vida volta para nós, todas as chances são encontradas novamente. Talvez ele esteja na fila, talvez ele avance curvado, passo a passo, talvez não dê o segundo passo por estar tão cansado? Talvez ele não tenha podido dar esse próximo passo já há quinze dias? Seis meses atrás? Uma hora? Um segundo? Não há mais lugar em mim para a primeira linha dos livros que estão escritos. Todos os livros não alcançam a sra. Bordes e eu. Estamos na linha de frente de um combate sem nome, sem armas, sem sangue derramado, sem glória, na linha de frente da espera. Atrás de nós se estende a civilização em cinzas e todo pensamento que se acumulou durante séculos. A sra. Bordes se recusa a aceitar qualquer hipótese. Na cabeça da sra. Bordes, como na minha, o que ocorre são turbulências sem objeto, aflições sobre nem sei o quê, também esmagamentos, distâncias que são criadas como se fossem saídas, e depois que se apagam, reduzidas ao ponto de quase morrerem, são apenas sofrimento em toda parte, sangramentos e gritos, é por isso que é impossível pensar, o pensamento não toma parte no caos, mas é constantemente suplantado por ele, impotente diante dele.

Abril, domingo

Ainda no sofá, ao lado do telefone. Hoje, sim, Berlim será tomada. Ouvimos isso todos os dias, mas hoje será realmente o fim. Os jornais nos dizem como saberemos: pelas sirenes que vão soar uma última vez. A última vez da guerra. Eu não vou mais para o centro, eu não irei mais. Acontece no Lutetia, acontece na estação de l'Est. Estação du Nord. Acabou. Não apenas não irei mais ao centro, como não me mexerei mais. Eu acredito, mas ontem eu também acreditava, e às dez horas da noite saí, peguei o metrô, fui bater à porta de D. Ele abriu para mim. Me tomou em seus braços: "Algo novo desde então? – Nada. Eu não aguento mais." Saí de novo. Não quis nem mesmo entrar em seu quarto, só queria ver D. para verificar se não havia nenhum sinal diferente no seu rosto, nenhuma mentira sobre a morte. Às dez horas, de repente, em casa, o medo havia voltado. O medo de tudo. Eu estava do lado de fora. De repente, levantei a cabeça e o apartamento tinha mudado, a luz da lâmpada também, de repente amarelada. E de repente a certeza, uma rajada de certeza: ele está morto. Morto. Morto. Vinte e um de abril, morto em vinte e um de abril. Levantei-me e fui para o meio do quarto. Aconteceu em um segundo. O latejar nas têmporas parou. Já não é mais assim. Meu rosto se desfaz, se transforma. Eu me desfaço, me curvo, me transformo. Não há ninguém no quarto onde eu estou. Não consigo mais sentir meu coração. O horror cresce como numa inundação, estou me afogando. Tenho tanto medo que não espero mais. Acabou, acabou? Onde você está? Como saber? Eu não sei onde ele está. Também não sei mais onde estou. Também não sei onde estamos. Qual é o nome deste lugar? Que lugar é este? Que história toda é esta? Do que se trata? Quem é este, Robert L.? Chega de dor. Estou prestes a entender que não há mais nada em comum entre mim e esse homem. Mais vale esperar por outro. Eu não existo mais. Então já que não existo mais, por que esperar por Robert L.? Mais vale esperar por outro, se a espera é prazerosa? Mais nada em comum entre esse homem e ela. Quem é esse Robert L.? Alguma vez ele existiu? O que faz desse Robert L., o quê? O que faz dele que ele seja esperado, e não outra pessoa. O que ela está realmente esperando? Que outra espera ela está esperando? O que ela tem feito durante os últimos quinze dias em que investe expectativas nessa espera? O que está acontecendo neste quarto? Quem é ela? Quem ela é, D. sabe. Onde está D.? Ela sabe, ela pode vê-lo e pedir-lhe explicações. Eu tenho que vê-lo porque algo novo aconteceu. Fui vê-lo. Aparentemente, nada tinha acontecido.

Terça-feira, 24 de abril

O telefone toca. Eu acordo no escuro. Acendo a luz. Vejo o despertador: cinco e meia. É madrugada. Ouço: "Alô?... o quê?" É D. que dormiu ao lado. Ouço: "O que, o que você está dizendo? Sim, é aqui, sim, Robert L." Silêncio. Estou perto de D., que segura o telefone. Tento arrancá-lo dele. Demora. D. não solta. "Que novidades?" Silêncio. Estão falando do outro lado de Paris. Eu tento arrancar dele o telefone, é difícil, é impossível. "E então? Camaradas?" D. larga o telefone e me diz: "São amigos de Robert que chegaram ao Gaumont." Ela grita: "Não é verdade." D. pegou de novo o telefone. "E Robert?" Ela tenta arrancar. D. não diz nada, ele escuta, o aparelho é dele. "Você sabe mais alguma coisa?" D. se vira para ela: "Eles o deixaram há dois dias, estava vivo." Ela não tenta mais puxar o telefone. Ela está no chão, caída. Alguma coisa arrebentou com as palavras que diziam que ele estava vivo há dois dias. Ela deixa acontecer. Arrebenta, sai pela boca, pelo nariz, pelos olhos. Precisa sair. D. desliga o aparelho. Ele diz seu nome a ela: "Minha pequena, minha pequena Marguerite." Ele não se aproxima dela, não a pega, sabe que ela está intocável. Ela está ocupada. Deixe-a em paz. Vaza por todos os lados. Vivo. Vivo. Alguém diz: "Minha pequena, minha pequena Marguerite." Dois dias atrás, vivendo como você e eu. Ela diz: "Deixem-me, deixem-me." Aquilo sai também em lamentos, em gritos. Sai de todas as maneiras que queira. Sai. Ela deixa acontecer. D. diz: "Temos que ir, eles estão em Gaumont, estão esperando por nós, mas vamos tomar um café antes de ir." D. disse isso para que ela tome um café. D. ri. Ele não para de falar: "Ah, ele é um cara e tanto… como alguém poderia pensar que o pegariam… mas ele é um esperto, Robert… ele terá se escondido no último momento… pensamos que não era engenhoso por causa do seu jeito." D. está no banheiro. Ele disse: "Por causa do seu jeito." Ela está encostada no armário da cozinha. É verdade, ele não se parece com ninguém. Ele era distraído. Ele nunca tinha um ar de indiferença, sempre em direção ao coração da bondade absoluta. Ela ainda está de pé, encostada no armário da cozinha. Sempre em direção ao coração da dor absoluta do pensamento. Ela faz o café. D. repete: "Em dois dias nós o veremos chegar." O café está pronto. O sabor do café quente: ele vive. Eu me visto rapidamente. Tomei um comprimido de Corydrane. Ainda tenho febre, estou suando. As ruas estão vazias. D. anda rápido. Chegamos em Gaumont, transformado em centro de transição. Como combinado, pedimos para ver Hélène D. Ela vem, ela ri. Estou com frio. Onde eles estão? No hotel. Ela nos conduz.

O hotel. Tudo é iluminado. Há um vai e vem de pessoas, de homens com roupas listradas de deportados e assistentes com camisas brancas. É assim a noite toda. Eis o quarto, o assistente sai. Eu digo a D.: "Bata." O coração salta, não vou conseguir entrar. D. bate. Entro com ele. Há duas pessoas aos pés de uma cama, um homem e uma mulher. Eles não dizem nada. São os pais. Na cama, há dois deportados. Um deles está dormindo, tem talvez vinte anos de idade. O outro sorri para mim. Eu pergunto: "É você Perrotti? – Sou eu. – Eu sou a esposa de Robert L. – O deixamos dois dias atrás. – Como ele estava?" Perrotti olha para D.: "Havia alguns muito mais cansados." O jovem acordou: "Robert L.? Ah, sim, era para termos escapado com ele." Me sentei junto à cama. Pergunto: "Eles estavam fuzilando?" Os dois jovens se olham, não respondem imediatamente. "Quer dizer... eles tinham parado de fuzilar." D. entra na conversa: "Tem certeza?" É Perrotti quem responde. "No dia em que partimos, eles tinham parado de fuzilar já havia dois dias." Os dois deportados conversam entre si. O jovem pergunta: "Como você sabe? – O *kapo* russo me disse." Eu: "O que ele te disse? – Ele me disse que eles tinham recebido ordens para não fuzilar mais." O jovem: "Havia dias em que fuzilavam e outros em que não." Perrotti me olha, olha para D., sorri: "Nós estamos bem cansados, é preciso nos desculpar." Os olhos de D. estão fixos em Perrotti: "O que houve que ele não está com vocês? – Procuramos juntos quando o trem partiu, mas não conseguimos encontrá-lo. – Mas nós o procuramos muito. – O que houve que você não o encontrou? – Estava escuro, diz Perrotti, e depois ainda éramos muitos, apesar de tudo. – Você procurou o suficiente? – Ou seja..." Eles se olham. "Ah, sim, diz o jovem, por isso... nós até o chamamos, mesmo que fosse perigoso. – Ele é um bom camarada, diz Perrotti, nós o procuramos, ele dava palestras sobre a França. – Ele falava, você devia ter visto, ele encantava seu público..." Eu: "Se você não o encontrou, é porque ele não estava mais lá? É por que ele foi fuzilado?" D. chega perto da cama, com gestos bruscos, está irado, ele se contém, está quase tão pálido quanto Perrotti. "Quando você o viu pela última vez?" Os dois se olham. Ouço a voz da mulher: "Eles estão cansados." É como se interrogássemos culpados, não lhes damos nem um momento de descanso. "Em todo caso, eu o vi", diz o jovem, "tenho certeza disso." Ele olha para o nada, e repete que tem certeza, mas ele não está certo de nada. Nada irá fazer D. ficar quieto. "Tente se lembrar, quando foi a última vez que você o viu. – Eu o vi na fila, você não se lembra? À direita? Ainda era de dia... foi uma hora antes de chegarmos à estação." O jovem: "Poderia estar exausto, mas eu o vi depois que ele escapou, tenho certeza disso, porque nós tínhamos combinado de sair dali, da estação. – O quê? Sua fuga? – Sim, ele tentou fugir, mas o pegaram... – O quê? Eles não fuzilavam os que fugiam? Você não está dizendo a verdade." Perrotti não pode mais contar a história, nada, sua memória está despedaçada, ele se desencoraja. "Já falamos que ele voltará." Nesse ponto, D. intervém de forma violenta. Ele me diz para me calar, depois recomeça: "Quando ele escapou?" Eles se olham. "Foi no dia anterior?

– Eu acho que sim." D. pergunta, implora: "Faça um esforço, nós pedimos desculpas... mas tente lembrar." Perrotti sorri: "Eu entendo, mas estamos tão cansados..." Eles se calam por um momento. Silêncio total. Então o jovem: "Tenho certeza de tê-lo visto depois que ele escapou, o vi na fila, agora tenho certeza." Perrotti: "Quando? Como? – Com Girard, à direita, tenho certeza." Repito: "Como você sabe se eles fuzilavam?" Perrotti: "Não é preciso ter medo, nós saberíamos, nós sempre soubemos, os SS fuzilavam atrás da fila, e então seus comparsas repetiam isso até o início da fila." D.: "O que gostaríamos de saber é por que vocês não o encontraram. – Estava escuro", recomeça Perrotti. "Talvez ele tenha escapado uma segunda vez", diz o jovem. "Em todo o caso, você o viu depois da primeira fuga. – Claro, disse Perrotti, com toda certeza. – O que fizeram com ele? – Bem, ele foi espancado... Philippe, ele vai te contar melhor do que eu, era seu camarada." Eu: "Como pode ser que não fuzilaram ele? – Os americanos estavam muito próximos, não tiveram tempo. – Além do mais, dependia", disse o jovem. Eu: "Vocês tinham combinado, antes da fuga, de escapar juntos na estação?" Silêncio, eles se olham. "Você compreende", diz D., "se você tivesse falado com ele depois, seria mais uma certeza." Não, eles não sabem mais nada, disso eles não conseguem se lembrar. Se lembram de certos movimentos na fila, de certos gestos dos camaradas quando se jogavam nas valas para se esconder, dos americanos que estavam por toda parte eles se lembram também. Mas do resto eles não se lembram mais.

Começa outro período de suplício. A Alemanha está em chamas. Ele está na Alemanha. Não é garantido, não é cem por cento. Mas isso se pode dizer: se ele não foi fuzilado, se ele ficou na fila, ele está em meio ao incêndio da Alemanha.

24 de abril

São onze e meia da manhã. O telefone toca. Estou sozinha, sou eu quem atende. É François Mitterrand,* vulgo Morland. "Philippe chegou, ele viu Robert há oito dias. Ele estava bem." Eu explico: "Eu vi Perrotti, parece que Robert escapou, que foi pego novamente. O que Philippe sabe?" François: "É verdade, ele tentou escapar, foi pego por crianças." Eu: "Quando foi a última vez que ele o viu?" Silêncio. François: "Eles tinham escapado juntos, Philippe estava longe o suficiente, os alemães não o viram. Robert estava na beira da estrada, ele foi espancado. Philippe esperou, ele não ouviu nenhum tiro." Silêncio. "Tem certeza? – Certeza. – É pouco. Ele não o viu novamente?" Silêncio. "Não, porque Philippe não estava mais lá, tinha fugido. – Quando foi isso? – Foi no dia 13." Eu sei que todos esses cálculos foram feitos por François Morland, que não cometeu nenhum erro. "O que pensar? – Sem dúvida, disse François, ele deve voltar." Eu: "Eles estavam fuzilando na fila?" Silêncio. "Isso depende. Venha para a gráfica. – Não, estou cansada. O que o Philippe acha?" Silêncio. "Sem dúvida, ele tem que estar aqui em quarenta e oito horas." Eu: "Como está Philippe? – Muito cansado, ele diz que Robert ainda resistia, que estava melhor que ele – Ele sabe alguma coisa sobre o destino do comboio? – Não, nem ideia." Eu: "Você não está me enrolando? – Não. Venha para a gráfica. – Não, não vou. Me diga: E se ele não estiver aqui em quarenta e oito horas? – O que você quer que eu te responda? – Por que você disse esse número, quarenta e oito horas? – Porque, segundo Philippe, eles foram liberados entre o dia 14 e o 25. Não tem outro jeito."

---

* François Mitterrand (1916-1996), político francês socialista que integrou a Resistência e, após a guerra, foi deputado, senador, ministro, por diversas vezes, e presidente de República entre 1981 e 1995.

Perrotti escapou no dia 12, retornou no dia 24. Philippe escapou no dia 13, retornou no dia 24. É preciso contar de dez a doze dias. Robert deveria estar aqui amanhã ou depois de amanhã, talvez amanhã.

Quinta-feira, 26 de abril

D. chamou o médico, a febre continua. A sra. Kats, mãe de Jeanine Kats, minha amiga, veio morar comigo enquanto esperava a filha que foi deportada para Ravensbrück com Marie-Louise, irmã de Robert. Riby telefonou, perguntou por Robert. Estava na fila, escapou antes de Perrotti, retornou antes dele.

Sexta-feira, 27 de abril

Nada. Nem durante a noite nem durante o dia. D. me traz o *Combat.** No último minuto, os russos tomaram uma estação de metrô em Berlim. Mas os canhões de Júkov continuam a cercar e bombardear as ruínas de Berlim de oitenta em oitenta metros. Estetino e Brno são tomadas. Os americanos estão no Danúbio. A Alemanha inteira está nas mãos dos americanos. É difícil ocupar um país. O que eles podem fazer com ele? Me tornei a sra. Bordes, não me levanto mais. É a sra. Kats que faz as compras, que cozinha. Ela tem um coração doente. Ela comprou leite

---

* Jornal diário clandestino criado durante a Segunda Guerra e editado pela Resistência francesa.

americano para mim. Se eu estivesse realmente doente, acho que a sra. Kats pensaria menos em sua filha. Sua filha é deficiente, tinha uma perna imóvel em consequência de uma tuberculose óssea, era judia. Soube no centro que eles matavam os deficientes. Pelos judeus, começamos a saber. A sra. Kats esperou seis meses, de abril a novembro de 1945. Sua filha havia morrido em março de 1945, ela foi notificada de sua morte em novembro de 1945, levou nove meses para encontrar seu nome. Não falo com ela sobre Robert L. Ela deu a descrição de sua filha em todos os lugares, nos centros, em todas as fronteiras, para toda sua família, nunca se sabe. Ela comprou cinquenta latas de leite americano, vinte quilos de açúcar, dez quilos de geleia, cálcio, fosfato, álcool, água-de-colônia, arroz, batatas. A sra. Kats diz palavra por palavra: "Toda a roupa dela está lavada, remendada, engomada. Dobrei o casaco preto, coloquei os bolsos de volta. Guardei tudo em um grande baú com bolas de naftalina, coloquei tudo para arejar, está tudo pronto. Reparei seus sapatos e costurei suas meias. Acho que não me esqueci de nada." A sra. Kats desafia a Deus.

27 de abril

Nada. O buraco negro. Nenhuma luz surge. Eu reconstituo a sequência de dias, mas há um vazio, um abismo entre o momento em que Philippe não ouviu um disparo e a estação onde ninguém viu Robert L. Me levanto. A sra. Kats foi para a casa de seu filho. Eu me vesti, sentada ao lado do telefone. D. chega. Ele exige que eu vá comer com ele num restaurante. O restaurante está cheio. As pessoas falam sobre o fim da guerra. Não tenho fome. Todos falam sobre as atrocidades alemãs. Não sinto mais fome, nunca. Estou enjoada com o que as pessoas comem. Eu quero morrer. Estou cortada do resto do mundo com uma navalha, até mesmo de D. O cálculo infernal: se eu não tiver notícias dele esta noite, ele está morto. D. me olha. Ele pode olhar para mim, ele está morto. Não importa o quanto eu diga, D. não vai acreditar em mim. *La Pravda** escreve: "A décima segunda hora soou na Alemanha. O círculo de fogo e ferro está se fechando em Berlim." Acabou. Ele não estará lá para a paz. Os partidários italianos capturaram Mussolini em Faenza. Todo o Norte da Itália está nas mãos dos partidários. Mussolini capturado, nada mais se sabe. Thorez** fala sobre o futuro, diz que teremos que trabalhar. Guardei todos os jornais para Robert L. Se ele voltar, vou comer com ele. Antes, não. Penso na mãe alemã do pequeno soldado de dezesseis anos que agonizava em 17 de agosto de 1944, sozinho, deitado sobre uma pilha de pedras no Quai des Arts, ela ainda espera seu filho. Agora que De Gaulle está no poder, que se tornou aquele que salvou nossa honra por quatro anos, que está em plena luz do dia, mesquinho com os elogios ao povo, há algo de assustador, de atroz. Ele diz: "Enquanto eu estiver aqui, a casa vai funcionar." De Gaulle não espera mais nada, só a paz, apenas nós ainda esperamos, uma espera de todos os tempos, de mulheres de todos os tempos, de todos os lugares do mundo: a dos homens que voltam da guerra. Estamos do lado do mundo onde os mortos se amontoam em uma vala comum inextricável. É na Europa que isso está acontecendo. É aqui que queimam os judeus, aos milhões. É aqui que choram por eles. A América, espantada,

---

* *La Pravda* (ou *Pravda*) foi um jornal diário da Rússia, fundado em 1912 e vinculado ao Partido Comunista Soviético.

** Maurice Thorez foi secretário-geral do Partido Comunista Francês de 1930 a 1964. Em 1945, foi ministro do governo De Gaulle.

observa a fumaça dos gigantescos crematórios da Europa. Eu sou forçada a pensar naquela velha mulher de cabelos grisalhos que vai esperar, dolente, por notícias desse filho tão sozinho na morte, de dezesseis anos, no Quai des Arts. O meu, alguém pode tê-lo visto, como eu vi esse outro, numa vala, enquanto suas mãos acenavam pela última vez e seus olhos não viam mais. Alguém que nunca saberá quem aquele homem era para mim, e eu nunca saberei quem ele é. Pertencemos à Europa, é aqui que está acontecendo, na Europa, estamos confinados juntos perante o resto do mundo. Ao nosso redor, os mesmos oceanos, as mesmas invasões, as mesmas guerras. Nós somos da mesma raça daqueles que são queimados nos crematórios e gaseados em Majdanek, somos também da raça dos nazistas. Função igualitária dos crematórios em Buchenwald, da fome, das valas comuns de Bergen-Belsen, nessas covas temos nossa parte, estes esqueletos tão extraordinariamente idênticos, eles são de uma família europeia. Não foi numa ilha em Sonda, nem num canto do Pacífico que esses eventos ocorreram, é na nossa terra, a Europa. Os quatrocentos mil esqueletos dos comunistas alemães que morreram em Dora de 1933 a 1938 também estão na grande vala comum europeia, com os milhões de judeus e o pensamento de Deus, a cada judeu, o pensamento de Deus, cada judeu. Os americanos dizem: "Não há um único americano neste momento, seja ele um barbeiro em Chicago, seja um camponês no Kentucky, que não saiba o que aconteceu nos campos de concentração na Alemanha." Os americanos querem nos ilustrar a admirável mecânica da máquina de guerra americana, o que significa para eles a garantia da tranquilidade do camponês e do barbeiro que a princípio não estavam certos das razões pelas quais seus filhos foram enviados para lutar no *front* europeu. Quando lhes contarem sobre a execução de Mussolini pendurado nos ganchos de um açougue, os americanos não compreenderão mais, ficarão chocados.

28 de abril

Quem espera pela paz não espera nada. Há cada vez menos motivos para não ter notícias. A paz já surge. É como uma noite profunda que virá, é também o começo do esquecimento. A prova disso já está aqui: Paris está iluminada à noite. O *boulevard* Saint-Germain está iluminado como se fosse por faróis. O Les deux magots está lotado. Ainda faz muito frio para ter tanta gente no terraço. Mas os pequenos restaurantes também estão lotados. Eu saí, a paz me pareceu iminente. Voltei rapidamente para casa, perseguida pela paz. Eu vislumbrei que um futuro possível viria, que uma terra estrangeira iria emergir desse caos e que ninguém mais esperaria. Eu não tenho lugar em nenhuma parte aqui, não estou aqui, estou lá com ele, naquela zona inacessível aos outros, desconhecida dos outros, ali onde queima e onde matam. Estou pendurada por um fio, a última das probabilidades, aquela que não terá lugar nos jornais. A cidade iluminada perdeu para mim todo o significado além desse: ela é um sinal de morte, um sinal de amanhã sem eles. Não há mais nada de atual nesta cidade para nós que esperamos. Para nós ela é aquela que eles não verão. Todos estão impacientes para ver a paz que tanto tarda a vir. O que eles estão esperando para assinar a paz? Se escuta essa frase em todos os lugares. A ameaça é maior a cada dia. Hoje ficamos sabendo que Hitler está morrendo. Foi Himmler* quem disse na rádio alemã num último comunicado, ao mesmo tempo em que se dirigia aos Aliados num pedido de rendição. Berlim queima, defendida apenas pelos "trinta batalhões suicidas", e em Berlim Hitler teria dado um tiro na cabeça com um revólver. Hitler estaria morto, mas a notícia não é certa.

---

* Heinrich Himmler foi chefe das polícias alemãs, incluindo a Gestapo, e, a partir de 1943, ministro do Interior da Alemanha nazista.

28 de abril

O mundo inteiro está esperando. Himmler declara em sua mensagem "que Hitler está morrendo e que ele não sobreviverá ao anúncio da rendição incondicional". Isso seria um choque mortal para ele. Os EUA e a Inglaterra responderam que só aceitariam a rendição em solidariedade com a URSS. Foi durante a conferência de São Francisco que Himmler enviou a oferta de rendição. No último minuto, o *Combat* anuncia que a oferta de rendição tinha sido feita também para a Rússia. Os stalinistas não querem entregar Mussolini aos Aliados. É pela mão do povo, dizem os jornais, que Mussolini terá que pagar. Farinacci* foi julgado por um tribunal popular, foi executado na praça de uma grande cidade, na presença de uma multidão considerável. Em São Francisco, tempos difíceis para a Europa, ela está em minoria. É Stettinius** quem preside. O *Combat* escreve: "Em frente ao espetáculo que os grandes fazem, as pequenas potências levantam suas cabeças." Já se fala em depois da paz.

Eles são muitos, os mortos são realmente muitos. Sete milhões de judeus foram exterminados, transportados em vagões de gado, e depois gazeados nas câmaras de gás feitas para esse fim e depois queimados nos crematórios feitos para esse fim. Ainda não há nenhuma menção aos judeus em Paris. Seus recém-nascidos foram confiados ao grupo de MULHERES PREPARADAS PARA O ESTRANGULAMENTO DE CRIANÇAS JUDIAS, com expertise na arte de matar a partir de uma pressão sobre

---

* Roberto Farinacci, líder fascista italiano, ministro do governo Mussolini, executado pelos resistentes italianos (*partigianos*) em abril de 1945.

** Edward Stettinius, secretário de Estado dos Estados Unidos entre 1944 e 1945, na administração de Franklin Roosevelt.

as carótidas. Com um sorriso, é indolor, elas dizem. Essa nova face da morte organizada, racionalizada, descoberta na Alemanha, desconcerta antes de indignar. Estamos estarrecidos. Como se pode ser ainda alemão? Procuramos equivalências em outros lugares, em outros tempos. Não há nada. Alguns ficarão abismados, não se recuperarão. Umas das grandes nações civilizadas do mundo, a capital da música de todos os tempos, acaba de assassinar onze milhões de seres humanos de uma maneira metódica, perfeita, como uma indústria estatal. O mundo inteiro olha para a montanha, a massa de morte dada pela criatura de Deus a seu próximo. Citam o nome de tal escritor alemão que foi afetado e que se tornou muito sombrio e a quem essas coisas deram o que pensar. Se esse crime nazista não se estender a todo o mundo, se não for escutado em escala coletiva, o homem do campo de concentração em Belsen que morreu sozinho com uma alma coletiva e uma consciência de classe, a mesma com a qual ele explodiu o parafuso ferroviário uma certa noite, num certo lugar na Europa, sem líder, sem uniforme, sem testemunha, foi traído. Se tratarmos como uma sina alemã o horror nazista, e não uma sina coletiva, o homem de Belsen será reduzido às dimensões de um cidadão regional. A única resposta a esse crime é torná-lo um crime de todos. Partilhá-lo. Assim como a ideia de igualdade, de fraternidade. Para aguentá-lo, para tolerar a ideia, partilhar o crime.

Não sei mais que dia era, se ainda era um dia de abril, não, era um dia de maio, uma manhã às onze horas o telefone tocou. Era da Alemanha, era François Morland. Ele não disse bom-dia, ele é quase seco, claro como sempre. "Me escute com atenção. Robert está vivo. Acalme-se. Sim. Ele está em Dachau. Continue escutando, com todas as suas forças. Robert está muito fraco, você não imagina a que ponto. Devo dizer: é uma questão de horas. Ele pode viver mais três dias, não mais que isso. D. e Beauchamp têm que partir hoje, nesta mesma manhã, para Dachau. Diga-lhes isso: eles devem ir imediatamente ao meu gabinete, terão uniformes de oficiais franceses, passaportes, ordens de missão, cupons de gasolina, cartões de identidade, passes. Devem ir imediatamente. Isso é tudo o que resta a fazer. Através dos canais oficiais eles chegariam tarde demais."

François Morland e Rodin tinham feito parte de uma missão organizada pelo padre Riquet, tinham ido a Dachau e foi lá que encontraram Robert L. Eles tinham entrado na parte proibida do campo onde colocavam os mortos e os casos sem esperança. E foi lá que um deles pronunciou claramente um primeiro nome: "François". François, e depois fechou de novo os olhos. Rodin e Morland levaram uma hora antes de reconhecerem Robert L. Foi Rodin que finalmente o reconheceu por causa de seus dentes. Eles o envolveram em um lençol como se faz com os mortos, e o haviam tirado da parte proibida do campo, o colocaram sob um abrigo na parte do campo onde estavam os sobreviventes. Não havia soldados americanos no campo, por isso eles foram capazes de fazer aquilo, estavam todos nos postos de vigilância, apavorados com o tifo.

Beauchamp e D. deixaram Paris no mesmo dia, no início da tarde. Era 12 de maio, Dia da Paz. Beauchamp usava o uniforme de coronel de François Morland. D. era um tenente francês, ele tinha seus papéis da resistência sob o nome de D. Masse. Dirigiram a noite toda, chegaram a Dachau na manhã seguinte. Eles procuraram Robert L. por várias horas, depois, ao passarem por um corpo, ouviram o nome de D. ser pronunciado. Acho que eles não o reconheceram, mas Morland havia advertido que ele não estava reconhecível. Eles o pegaram. E depois é que devem ter reconhecido. Tinham um terceiro uniforme de oficial francês debaixo de suas roupas. Precisavam segurá-lo para que se mantivesse de pé, ele não podia mais fazer isso sozinho, mas eles conseguiram vesti-lo. Foi preciso impedi-lo de fazer continência em frente ao quartel da SS, fazê-lo passar pelos postos de vigilância, evitar as vacinações que o teriam matado. Os soldados americanos, a maioria deles negros, usavam máscaras de gás para evitar o tifo. O horror ainda estava lá. As ordens eram tais que, se tivessem suspeitado da verdadeira condição de Robert L., o teriam colocado imediatamente de volta nos morredouros do campo de concentração. Assim que Robert L. saiu, precisou caminhar até o "11º semáforo". Assim que o colocaram no banco de trás, Robert L. teve uma síncope. Pensaram que tudo estava acabado, mas não estava. A viagem foi muito difícil, muito longa. Tiveram que parar a cada meia hora por causa da disenteria. Assim que se afastaram de Dachau, Robert L. falou. Ele disse que sabia que não conseguiria chegar vivo a Paris. Então ele começou a contar sua história para que ela fosse dita antes da sua morte. Robert L. não acusou ninguém, nenhuma raça, nenhum povo, ele acusou o homem. No fim do horror, morrendo, delirando, Robert L. ainda tinha essa capacidade de não acusar ninguém, exceto os governos que passam pela história dos povos. Ele queria que D. e Beauchamp me contassem, após sua morte, o que ele havia dito. Alcançaram a fronteira francesa na mesma noite, foi perto de Wissembourg. D. me telefonou: "Chegamos na França. Acabamos de cruzar a fronteira. Estaremos aí amanhã no fim da manhã. Espere o pior: você não vai reconhecê-lo." Eles jantaram na cantina de oficiais. Robert seguia falando e relatando. Quando ele entrou na cantina, todos os oficiais se levantaram e saudaram Robert L. Robert L. não reparou. Essas coisas assim, ele nunca havia reparado. Ele falava do martírio alemão, do martírio comum a todos os homens. Ele contava. Naquela noite, ele disse que queria comer uma truta antes de morrer. Na Wissembourg vazia, encontraram uma truta para Robert L. Ele comeu alguns pedaços. Então ele começou a falar novamente. Ele falou sobre a caridade. Ele tinha ouvido alguns sermões do padre Riquet, e começou a dizer esta frase muito obscura: "Quando me falarem de caridade cristã, eu direi Dachau." Ele não a terminou. Naquela noite, eles dormiram pelos lados de Bar-sur-Aube. Robert L. dormiu por algumas horas. Chegaram a Paris no fim da manhã. Pouco antes de vir para a rua Saint-Benoît, D. parou para me telefonar novamente. "Estou telefonando para avisar que é mais terrível do que qualquer coisa que imaginamos. Ele está feliz."

Ouvi um vozerio nas escadas, um alvoroço, pisadelas. Depois, o bater de portas e os gritos. Era isso. Eram eles voltando da Alemanha.

Não consegui evitar. Desci para me salvar na rua. Beauchamp e D. o seguravam pelas axilas. Tinham parado no patamar do primeiro andar. Ele olhava para cima.

Eu não sei mais exatamente. Ele deve ter olhado para mim e me reconhecido com um sorriso. Eu gritei que não, que não queria ver. Saí, subi de novo as escadas. Eu gritava, disso me lembro. A guerra saía em gritos. Seis anos sem gritar. Acabei na casa de uns vizinhos. Eles me forçavam a beber rum, entornavam na minha boca. Nos gritos.

Não me lembro mais de quando me encontrei diante dele, ele, Robert L. Me lembro dos soluços por toda a casa, que os inquilinos ficaram nas escadas por um longo tempo, que as portas estavam abertas. Me disseram depois que a zeladora tinha decorado a entrada para recebê-lo e que, assim que ele passou, ela tinha arrancado tudo e se trancado em seu apartamento, arisca, para chorar.

Em minha memória, em um dado momento, os ruídos desaparecem e eu o vejo. Imenso. Na minha frente. Eu não o reconheço. Ele olha para mim. Ele sorri. Ele se deixa ver. Um cansaço descomunal se mostra em seu sorriso, o cansaço de ter conseguido viver até este momento. É nesse sorriso que eu de repente o reconheço, mas de uma grande distância, como se eu o visse no fundo de um túnel. É um sorriso de confusão. Ele se desculpa por estar aqui, reduzido a esse resto. E então o sorriso desaparece. E ele se torna novamente um estranho. Mas o reconhecimento está lá, que esse estranho é ele, Robert L., em sua totalidade.

Ele quis rever a casa. Nós o seguramos e ele fez o *tour* dos quartos. Suas bochechas se enrugavam, mas não se descolavam da mandíbula, foi em seus olhos que vimos seu sorriso. Quando entrou na cozinha, ele viu as tortas que tínhamos feito para ele. Ele parou de sorrir: "O que é isso? Dissemos a ele. – É de quê? – De cerejas, era o auge da temporada. – Posso comer? – Não sabemos, é o médico que vai dizer." Ele tinha voltado para a sala de estar, e estava deitado sobre o sofá. "Então eu não posso comer? – Ainda não. – Por quê? – Porque já houve incidentes em Paris ao dar muito rápido comida aos deportados que voltaram dos campos."

Ele tinha parado de fazer perguntas sobre o que havia se passado durante sua ausência. Ele havia deixado de nos ver. Seu rosto estava coberto por uma dor intensa e muda porque a comida ainda lhe estava sendo negada, que ainda era como no campo de concentração. E como no campo, ele aceitou em silêncio. Ele não viu que chorávamos. Ele também não viu que mal podíamos olhar para ele, mal podíamos lhe responder.

O médico chegou. Ele parou de repente, sua mão na maçaneta, muito pálido. Ele olhou para nós e depois para a forma sobre o sofá. Ele não entendia. E então ele entendeu: essa forma ainda não estava morta, flutuava entre a vida e a morte e o tínhamos chamado, o médico, para que tentasse fazê-la continuar vivendo. O médico entrou. Ele foi até à forma e a forma sorriu para ele. Esse médico virá várias vezes ao dia durante três semanas, a qualquer hora do dia e da noite. Quando o medo era muito grande, o chamávamos, ele vinha. Ele salvou Robert L. Ele também se deixou levar pela paixão de salvar Robert L. da morte. Ele conseguiu.

Tiramos a torta de cereja da casa enquanto ele dormia. No dia seguinte, a febre estava lá, ele não falou mais em comida nenhuma.

Se ele tivesse comido assim que voltou do campo, seu estômago teria se dilacerado sob o peso da comida, ou o peso do estômago teria pressionado o coração, que, ao contrário, na caverna de sua magreza havia se tornado enorme: batia tão rápido a ponto de não podermos medir sua pulsação, nem diríamos propriamente que ele batia, mas que tremia como se estivesse aterrorizado. Não, ele não poderia comer sem morrer. Mas não podia continuar sem comer sem também morrer. Essa era a dificuldade.

A luta com a morte começou muito rapidamente. Era preciso lidar com ela com calma, delicadeza, tato, destreza. Ela o cercava por todos os lados. Mas, mesmo assim, ainda havia uma maneira de alcançá-lo, não era grande essa abertura pela qual se podia comunicar com ele, mas a vida ainda estava dentro dele, uma farpa de nada, mas ainda assim uma farpa. A morte tomava de assalto. 39,5 graus de febre no primeiro dia. Depois 40. Depois 41. A morte o sufocava. 41: o coração vibrava como uma corda de violino. 41, ainda, mas ele vibra. O coração, pensávamos, o coração vai parar. Ainda 41. A morte, com seus ataques, bate, mas o coração é surdo. Não é possível, o coração vai parar. Não. Mingau, dissera o médico, em colheres de chá. Seis ou sete vezes ao dia lhe dávamos mingau. Uma colher de chá de mingau o sufocava, ele se agarrava às nossas mãos, ele buscava ar e caía de volta na cama. Mas ele engolia. Do mesmo jeito, seis ou sete vezes ao dia, ele pedia para ir ao banheiro. Nós o levantávamos segurando por baixo dos joelhos e sob os braços. Ele devia pesar entre trinta e sete e trinta e oito quilos: os ossos, a pele, o fígado, os intestinos, o cérebro, o pulmão, tudo incluído: trinta e oito quilos espalhados por um corpo de um metro e setenta e oito. Nós o colocávamos no assento sanitário em cuja borda colocamos uma pequena almofada: onde as articulações se mostravam sob a pele, a pele estava em carne viva. (*A jovem judia de 17 anos de Faubourg du Temple tem cotovelos que furaram a pele de seus braços, provavelmente por causa de sua juventude e da fragilidade da pele, sua articulação está do lado de fora em vez de estar dentro, ela sai nua, limpa, ela não sofre nem de suas articulações nem de seu ventre, do qual removeram, um a um, em intervalos regulares, todos os seus órgãos genitais.*) Uma vez sentado em seu assento, ele fazia tudo de uma vez, num *ploc* enorme, inesperado, desmedido. O que o coração retinha, o ânus não podia reter, ele soltava seu conteúdo. Tudo, ou quase tudo, liberava seu conteúdo, mesmo os dedos, que não mais seguravam as unhas, que por sua vez caíam. O coração, no entanto, continuava a manter seu conteúdo. O coração. E a cabeça. Temerosa, mas sublime, sozinha, ela saía desse fosso, emergia, lembrava, contava, reconhecia, reclamava.

Falava. Falava. A cabeça agarrada ao corpo pelo pescoço, como as cabeças geralmente fazem, mas o pescoço estava tão reduzido – podia-se dar a volta nele com uma mão – tão definhado que nos perguntávamos como a vida passava por ali, uma colher de chá de mingau passava com muito custo e o entupia. No início, o pescoço fazia um ângulo reto com o ombro. Na parte superior, o pescoço penetrava no interior do esqueleto, se colava à parte superior das mandíbulas, se enrolava ao redor dos ligamentos como uma hera. Através dele se podia ver as vértebras, as carótidas, os nervos, a faringe e o sangue fluindo: a pele tinha se tornado seda de cigarro. Ele fazia então esta coisa viscosa verde escura que borbulhava, merda que ninguém tinha visto antes. Depois de terminar, o colocávamos de volta na cama, ele estava acabado, olhos semicerrados, por um longo tempo.

Durante dezessete dias, o aspecto dessa merda permaneceu o mesmo. Era inumana. Ela o separava de nós mais do que a febre, mais do que a magreza, do que os dedos sem unhas, do que as marcas dos golpes dos SS. Dávamos a ele mingau amarelo ouro, mingau para crianças e isso saía dele verde-escuro como lama de pântano. Com o assento higiênico fechado se podia ouvir as bolhas à medida que estouravam na superfície. Ela poderia parecer – viscosa e pegajosa – uma grande escarrada. Assim que ela saía, a sala se impregnava de um odor que não era o da putrefação, do cadáver – apesar de que houvesse ainda em seu corpo matéria de cadáver – mas sim a de um húmus vegetal, o cheiro das folhas mortas, o da vegetação espessa. Era efetivamente um odor escuro, espesso como o reflexo dessa noite espessa da qual ele emergia e que nós nunca conheceríamos. (*Me apoiava nas persianas, a rua passava sob meus olhos, e como eles não sabiam o que estava acontecendo no quarto, eu queria dizer-lhes que naquele quarto acima deles, um homem retornara dos campos alemães, vivo.*)

Evidentemente, ele remexera o lixo para poder comer, tinha comido mato, tinha bebido água das máquinas, mas isso não explicava. Diante da coisa desconhecida, procurávamos explicações. Nos dizíamos que talvez ali diante de nossos olhos, ele estava comendo seu fígado, seu baço. Como saber? Como saber o que aquela barriga ainda continha de desconhecido, de dor?

Durante dezessete dias, a aparência desta merda permaneceu a mesma. Dezessete dias sem que essa merda parecesse algo conhecido. Cada uma das sete vezes que ele faz por dia, nós a especulamos, nós a observamos sem reconhecer. Dezessete dias que escondemos de seus próprios olhos o que sai dele assim como escondemos suas próprias pernas, seus pés, seu corpo, o inacreditável.

Nunca nos acostumamos a vê-los. Não podíamos nos acostumar com isso. O que era inacreditável era que ele vivia ainda. Quando as pessoas entravam no quarto e viam esta forma sob os lençóis, não suportavam a visão, desviavam os olhos. Muitos saíam e não voltavam. Ele nunca percebeu nosso pavor, nem uma única vez. Ele estava feliz, não tinha mais medo. A febre o tomava. Dezessete dias.

Um dia, a febre baixa.

Após dezessete dias, a morte se cansa. No vaso sanitário ela não borbulha mais, ela se torna líquida, permanece verde, mas tem um odor mais humano, um odor humano. E um dia a febre baixa, fizemos doze litros de soro para ele, e numa manhã a febre baixa. Ele está deitado em suas nove almofadas, uma para a cabeça, duas para os antebraços, duas para os braços, duas para as mãos, duas para os pés; pois tudo isso não podia mais suportar seu próprio peso, era preciso absorvê-lo no edredom, imobilizá-lo.

E uma vez, uma manhã, a febre sai dele. A febre volta, mas baixa novamente. Volta novamente, um pouco mais baixa e se vai novamente. E, então, em uma manhã ele diz: "Estou com fome."

A fome havia desaparecido com o aumento da febre. Ela retornou com a queda da febre. Um dia, o médico disse: "Vamos tentar, vamos tentar alimentá-lo, vamos começar com um pouco de caldo de carne, se ele suportar, continue a lhe dar, mas ao mesmo tempo, dê a ele de tudo, em pequenas doses no início, aumentando a cada três dias, um pouco mais a cada etapa."

Pela manhã vou a todos os restaurantes de Saint-Germain--des-Prés para encontrar um prensador de carne. Encontrei um no *boulevard* Saint-Germain em um grande restaurante. Eles não podem emprestar. Eu digo que é para um deportado político que está muito mal, que é uma questão de vida ou morte. A senhora hesita e diz: "Eu não posso emprestar, mas posso alugar para você, serão mil francos por dia (*sic*)." Eu dou meu nome, meu endereço e uma caução. A carne me é vendida a preço de custo pelo restaurante Saint-Benoît.

Ele digeria o caldo de carne perfeitamente. Assim, após três dias ele começou a comer alimentos sólidos.

Sua fome chamou sua fome. Ela se tornou cada vez maior, insaciável.

Tomou proporções assustadoras.

Não o servíamos. Dávamos os pratos diretamente a ele e o deixávamos e ele comia. Ele funcionava. Ele estava fazendo o que precisava fazer para viver. Ele comia. Era uma ocupação que tomava todo o seu tempo. Ele esperava a comida por horas. Ele engolia sem saber o quê. Então, recolhíamos a comida, e ele esperava que ela voltasse.

Ele desapareceu, a fome está em seu lugar. O vazio, então, está em seu lugar. Ele dá ao abismo, preenche o que fora esvaziado, as entranhas descarnadas. É o que ele faz. Ele obedece, serve, fornece a uma função misteriosa. Como ele sabe sobre a fome? Como percebe que é isso que é necessário? Ele o sabe de um conhecimento sem equivalência alguma.

Ele come uma costeleta de carneiro. Depois ele chupa o osso, os olhos baixos, atento para não deixar nenhum pedaço de carne. Depois pega uma segunda costeleta de carneiro. Depois uma terceira. Sem levantar os olhos.

Ele está sentado à meia-luz da sala de estar, perto de uma janela semiaberta, em uma poltrona, rodeado por suas almofadas, sua bengala ao seu lado. Em suas calças, suas pernas flutuam como muletas. Quando o sol brilha, vemos através de suas mãos.

Ontem, ele recolhia as migalhas de pão que haviam caído sobre suas calças, no chão, com grande esforço. Hoje ele deixa algumas.

Quando ele come, o deixamos sozinho no cômodo. Não temos mais que ajudá-lo. Suas forças voltaram o suficiente para que ele pudesse segurar uma colher, um garfo. Mas lhe cortamos a carne. Nós o deixamos sozinho diante da comida. Evitamos conversar no cômodo ao lado. Caminhamos na ponta dos pés. O observamos à distância. Ele funciona. Não tem preferência definida por pratos. Cada vez menos preferência. Ele engole como um abismo. Quando os pratos não chegam rápido o suficiente, ele grita e diz que não é compreendido.

Ontem à tarde ele foi roubar o pão da geladeira. Ele rouba. Nós lhe dizemos para ter cuidado, para não comer muito. Então ele chora.

Eu o olhava da porta da sala de estar. Eu não entrava. Por quinze dias, vinte dias, eu o vi comer sem poder me acostumar, numa alegria permanente. Às vezes, essa alegria também me fazia chorar. Ele não me via. Ele havia me esquecido. As forças retornam. Eu também recomeço a comer, recomeço a dormir. Ganho peso. Nós vamos viver. Como ele, durante dezessete dias eu não pude comer. Como ele, durante dezessete dias eu não dormi, ou pelo menos acredito não ter dormido. Na verdade, durmo de duas a três horas por dia. Adormeço em todos os lugares. Acordo aterrorizada, é terrível, a cada vez acho que ele morreu durante meu sono. Tenho sempre essa pequena febre noturna. O médico que vem vê-lo também está preocupado comigo. Ele receita injeções. A agulha quebra no músculo da minha coxa, meus músculos parecem tetanizados. A enfermeira não quer me dar mais injeções. A falta de sono causa problemas de visão. Eu me agarro aos móveis para caminhar, o chão está inclinado à minha frente e tenho medo de escorregar. Comemos da carne que serviu para lhe fazer o caldo de carne. Ela é como papel, como algodão. Não cozinho mais nada, com exceção do café. Me sinto muito perto da morte que eu desejei. Eu não me importo, e mesmo nisso, que eu não me importo, não penso mais. Minha identidade se deslocou. Eu sou apenas aquela que tem medo quando acorda. Aquela que deseja em seu lugar, por ele. Minha pessoa está aqui neste desejo, e este desejo, mesmo quando Robert L. está no seu pior, é inexplicavelmente forte porque Robert L. ainda está vivo. Quando perdi meu irmãozinho e meu filhinho, também tinha perdido a dor, ela ficou, por assim dizer, sem objeto, se apoiava sobre o passado. Aqui a esperança é inteira, a dor está implantada na esperança. Às vezes me surpreendo em não morrer: uma lâmina gelada, mergulhada profundamente na carne viva, de noite, de dia, e nós sobrevivemos.

As forças voltam.

Tínhamos sido avisados por telefone. Durante um mês, nós tínhamos escondido a notícia dele. Foi depois de ter recuperado suas forças, durante uma estadia em Verrières-le-Buisson em um centro de convalescença para deportados, que lhe contamos da morte de sua irmã mais nova, Marie-Louise L. Era de noite. Sua outra irmã e eu estávamos lá. Nós lhe dissemos: "Temos que te dizer algo que escondemos de você." Ele disse: "Vocês esconderam a morte de Marie-Louise." Até o nascer do dia ficamos juntos no quarto, sem falar dela, sem falar. Eu vomitei. Acho que todos nós vomitamos. Ele repetia as palavras: "Vinte e quatro anos", sentado na cama, com as mãos na bengala, não chorava.

Suas forças voltaram ainda mais. Um outro dia eu disse a ele que tínhamos que nos divorciar, que eu queria um filho de D., que era por causa do nome que essa criança carregaria. Ele me perguntou se era possível que um dia nos reencontrássemos novamente. Eu disse que não, que não tinha mudado de ideia depois de dois anos, desde que eu tinha conhecido D. Disse a ele que mesmo que D. não existisse, eu não viveria com ele novamente. Ele não me perguntou quais eram as minhas razões para ir embora, eu não as dei.

Uma vez estivemos em Saint-Jorioz, no lago d'Annecy, em uma casa de repouso para os deportados. É um hotel-restaurante na beira da estrada. Era agosto de 1945. Hiroshima, foi lá que soubemos. O peso voltou, ele engordou. Ele não tem força para suportar seu peso antigo. Ele caminha com aquela bengala que vejo novamente, feita de madeira escura, grossa. Às vezes parece que ele quer bater com a bengala, nas paredes, nos móveis, nas portas, nas pessoas, não, mas em tudo que encontra em seu caminho. D. também está no lago d'Annecy. Não temos dinheiro para ir a hotéis que pagaríamos.

Não o vejo perto de nós durante a estadia em Savoie, ele está cercado de estranhos, ainda está sozinho, não diz nada sobre o que pensa. Ele é dissimulado. É sombrio. Na beira da estrada, uma manhã, esta enorme manchete em um jornal: Hiroshima. É como se ele quisesse bater, como se estivesse cego por uma raiva pela qual tem de passar antes de poder viver de novo. Depois de Hiroshima eu acho que ele fala com D., D. é seu melhor amigo, Hiroshima é talvez a primeira coisa exterior à sua vida que ele vê, que ele lê do lado de fora.

Em outro momento, foi antes de Savoie, ele está no terraço do Flore.* Há muito sol. Ele quisera ir ao Flore: "Para ver", ele dissera. Os garçons vêm cumprimentá-lo. E é quando eu o vejo novamente, ele grita, martela o chão com sua bengala. Temo que ele quebre as janelas. Os garçons olham para ele à beira das lágrimas, consternados, sem uma palavra, e depois eu o vejo sentar-se e calar-se por um longo tempo.

Depois, o tempo ainda passou.
Foi o primeiro verão de paz, 1946.
Foi numa praia na Itália, entre Livorno e La Spezia.
Faz um ano e quatro meses que ele voltou dos campos. Ele sabe sobre sua irmã, ele sabe da nossa separação há muitos meses.
Ele está lá, na praia, ele olha as pessoas. Não sei quem. Como ele olha, como ele faz para ver, era o que morria primeiro na imagem alemã de sua morte quando eu esperava por ele em Paris. Às vezes ele fica por longos momentos sem falar, olhando para o chão. Ainda não consegue acostumar-se à morte da irmã

---

*   Café de Flore.

mais nova: vinte e quatro anos, cega, os pés congelados, tuberculosa até o último grau, transportada de avião de Ravensbrück para Copenhague, morta no dia de sua chegada, o dia do armistício. Ele nunca fala dela, ele nunca menciona seu nome.

Ele escreveu um livro sobre o que ele acredita ter vivido na Alemanha: *A espécie humana.** Uma vez o livro escrito, feito, editado, ele nunca mais falou sobre os campos de concentração alemães. Nunca pronuncia essas palavras. Nunca mais. O título do livro também, nunca mais.

É um dia de *libeccio.***
Nesta luz que acompanha o vento, a ideia de sua morte cessa.
Estou deitada ao lado de Ginetta, subimos a encosta da praia e adentramos os juncos. Nos despimos. Saímos do frescor do banho, o sol queima esse frescor sem alcançá-lo ainda. A pele protege bem. Na base das minhas costelas, numa cavidade, sob minha pele, eu vejo meu coração bater. Tenho fome.
Os outros ficaram na praia. Estão jogando bola. Exceto Robert L. Ainda não.
Acima dos juncos podemos ver as encostas nevadas das pedreiras de mármore de Carrara. Acima delas estão montanhas mais altas que cintilam em sua brancura. Do outro lado, mais perto, podemos ver o Montemarcello, logo acima da Bocca di Magra. Não vemos o vilarejo de Montemarcello, mas somente a colina, o bosque de figueiras e tudo no topo das encostas sombreadas de pinheiros.

---

* O livro *A espécie humana* [*L'espèce humaine*], um relato sobre a experiência no campo de concentração, foi lançado em 1947, sendo reeditado em 1957 pela Gallimard. É publicado no Brasil pela Record.

** Vento forte típico do mar mediterrâneo.

Escutamos: eles riem. Elio especialmente. Ginetta diz: "Ouça-o, é como uma criança." Robert L. não ri. Ele está deitado sob um guarda-sol. Ele ainda não suporta o sol. Está assistindo eles jogarem.

O vento não consegue atravessar os juncos, mas nos traz os barulhos da praia. O calor é intenso. Ginetta tira duas metades de limão de sua touca de banho, me dá uma. Nós esprememos o limão sobre nossas bocas abertas. O limão desce gota a gota por nossas gargantas, chega até nossa fome e nos faz medir sua profundidade, sua força. Ginetta diz que o limão é mesmo a fruta certa para este calor. Ela diz: "Olhe os limões da planície de Carrara, como são enormes, têm uma pele espessa que os mantém frescos sob o sol, eles têm suco como as laranjas, mas têm um gosto amargo."

Ainda escutamos os jogadores. Ainda não escutamos Robert L. É nesse silêncio que a guerra ainda está presente, que ela brota da areia, do vento. Ginetta diz: "Lamento muito não a ter conhecido quando você esperava pelo retorno de Robert." Ela diz que acha que ele está bem, mas que tem a impressão de que ele se cansa rapidamente, ela repara especialmente quando ele anda, quando ele nada, nessa lentidão que ele tem, tão dolorosa. Como ela não o conheceu antes, diz que não pode ter certeza do que está dizendo. Mas tem como um receio de que ele nunca mais possa recuperar sua força anterior ao campo. Diante desse nome, Robert L., eu choro. Eu ainda choro. Chorarei por toda minha vida. Ginetta pede desculpas e se cala.

Todos os dias ela acha que eu vou poder falar sobre ele, e eu não posso ainda. Mas naquele dia eu lhe digo que pensava que um dia poderia fazê-lo. E que eu já tinha escrito um pouco sobre este retorno. Que tentara dizer algo sobre esse amor. Que foi ali, durante sua agonia, que eu tinha melhor conhecido este homem, Robert L., que tinha percebido para sempre o que o fazia ele, e só ele, e nada nem ninguém mais no mundo, eu falava da graça particular de Robert L. aqui neste planeta, a graça que lhe era própria e que o levou pelos campos, a inteligência, o amor, a leitura, a política, e todo o indizível dos dias, dessa graça particular dele, mas feita do mesmo fardo do desespero de todos.

O calor se tornou insuportável demais. Nós recolocamos nossos trajes de banho e atravessamos a praia correndo. Fomos direto para o mar. Ginetta foi para longe. Eu fiquei na beirada. O *libeccio* se amansou. Ou então era um outro dia sem vento.

Ou então era um outro ano. Um outro verão. Um outro dia sem vento.

O mar estava azul, mesmo ali diante de nossos olhos, e não havia ondas, mas uma ondulação extremamente suave, uma respiração em um sono profundo. Os outros pararam de jogar e se acomodaram em suas toalhas na areia. Ele se levantou e caminhou em direção ao mar. Eu vim perto da orla. Olhei para ele. Ele viu que eu olhava para ele. Ele piscava os olhos por detrás de seus óculos e sorria para mim, balançando um pouco a cabeça como se faz para brincar com alguém. Eu sabia que ele sabia, que ele sabia que a cada hora de cada dia eu pensava: "Ele não morreu no campo de concentração."

II

SENHOR X.
CHAMADO AQUI
DE PIERRE RABIER

Trata-se de uma história verdadeira até no detalhe. É em consideração à esposa e ao filho deste homem chamado Rabier que eu não a publiquei antes, e que aqui novamente tomo a precaução de não lhe chamar por seu verdadeiro nome. Desta vez, quarenta anos encobriram os fatos, já estamos velhos, mesmo que os descubram não os machucarão como teriam feito antes, quando éramos jovens.

Resta isso que podemos nos perguntar: por que publicar aqui o que, de certa forma, é anedótico? Certamente foi terrível, apavorante de viver, a ponto de se poder morrer de horror, mas isso foi tudo, nunca passava disso, nunca se ia em direção ao mundo da literatura. Então?

Na dúvida, eu escrevi. Na dúvida, dei aos meus amigos para que lessem, Hervé Lemasson, Yann Andréa. Eles decidiram que tinha de ser publicado pela descrição que eu fazia do Rabier, desta maneira ilusória de existir pela função da sanção e somente desta, a qual, na maioria das vezes, toma o lugar da ética ou da filosofia ou da moral, e não apenas da polícia.

É a manhã de 6 de junho de 1944, na grande sala de espera da prisão de Fresnes. Venho trazer uma encomenda para meu marido, que foi preso em 1º de junho, seis dias antes. Há um alerta. Os alemães fecham as portas da sala de espera e nos deixam sozinhos. Estamos em dez pessoas. Não nos falamos. O barulho das esquadrilhas que chega em Paris é enorme. Eu ouço a seguinte frase, que me dizem em voz baixa, mas precisa: "Eles desembarcaram esta manhã às seis horas." Eu me viro. É um homem jovem. Eu grito em voz baixa: "Isso não é verdade. Não espalhe notícias falsas." O jovem diz: "É verdade." Nós não acreditamos no jovem. Todos choram. O alerta para. Os alemães evacuam a sala de espera. Sem encomenda, hoje. É quando eu volto a Paris – rua de Rennes – que eu vejo: todos os rostos ao meu redor, eles se olham como loucos, sorriem um para o outro. Eu paro um jovem, lhe pergunto: "É verdade?" Ele responde: "É verdade."

Os pacotes de alimentos estão suspensos indefinidamente. Vou a Fresnes várias vezes para nada. Decido então obter uma autorização de encomenda pela rua des Saussaies. Uma amiga minha, secretária do Departamento de Informação, encarregou-se de telefonar ao dr. Kieffer (avenida Foch) em nome de seu diretor, a fim de obter uma recomendação para esse fim. Ela é convocada. Ela é recebida pelo secretário do dr. Kieffer, que lhe diz para ir ao gabinete 415 E4, quarto andar do antigo prédio na rua des Saussaies. Nenhuma palavra de recomendação. Eu espero vários dias seguidos em frente à rua des Saussaies. A fila ocupa cem metros de calçada. Aguardamos, não para entrar nos locais da polícia alemã, mas para que possamos entrar, é preciso ter a nossa vez. Três dias. Quatro dias. É apenas em frente ao secretário do gabinete de Licenças de Encomendas que posso relatar a recomendação do dr. Kieffer. Primeiro, tenho que ir a esse gabinete 415 E4 para ver um certo M. Hermann. Espero a manhã toda: o sr. Hermann está ausente. A secretária de um gabinete vizinho me dá um passe que me permite voltar na manhã seguinte. Mais uma vez, o sr. Hermann está ausente e eu espero a manhã toda. O desembarque aconteceu há oito dias, sentimos a derrota invadir os altos postos da polícia alemã. Meu passe expira ao meio-dia, procuro em vão a secretária que eu tinha visto no dia anterior. Vou perder o benefício de cerca de vinte horas de espera. Aproximo-me de um homem alto que passa pelos corredores e peço a ele que prolongue meu passe até a noite. Ele me pede que mostre minha ficha. Entrego a ele. Ele diz: "Mas é o caso da rua Dupin."

Ele pronuncia o nome do meu marido. Ele me diz que foi ele quem prendeu meu marido. E que realizou seu primeiro interrogatório. Este é o senhor x., chamado aqui de Pierre Rabier, agente da Gestapo.

– Você é um parente?

– Sou sua esposa.

– Ah!… é um caso irritante, sabe…

Eu não faço nenhuma pergunta a Pierre Rabier. Ele se mostra de uma delicadeza extrema. Ele mesmo renova meu passe. E me diz que Hermann estará lá amanhã.

Vejo Rabier novamente no dia seguinte quando venho ver o Hermann para a licença da encomenda. Espero no corredor, ele sai de uma porta. Está segurando em seus braços uma mulher meio desmaiada e de uma grande palidez, suas roupas estão encharcadas. Ele sorri para mim e desaparece. Volta alguns minutos depois, ainda sorrindo.

– Então, você ainda está esperando?...

Eu digo que não importa. Ele retorna à história da rua Dupin.

– Era um verdadeiro quartel... E depois na mesa, havia esse plano... É uma história bastante séria.

Ele me faz algumas perguntas. Eu sabia que meu marido fazia parte de uma organização da Resistência? Eu conhecia essas pessoas que viviam na rua Dupin? Digo que os conhecia mal, ou nem conhecia, que escrevia livros, que nada mais me interessava. Ele me diz que sabe, que meu marido lhe disse. Que ele até encontrou dois de meus romances na mesa da sala quando o prendeu, ele ri, ele até os levou com ele. Não me faz mais perguntas. Finalmente me diz a verdade, que eu não conseguirei obter uma licença da encomenda porque as licenças estão sendo abolidas. Mas que há a possibilidade de passar os pacotes por intermédio do instrutor alemão quando este estiver interrogando os detentos.

O instrutor é o Hermann, aquele que estou esperando há três dias. Ele vem no fim da tarde. Falo da solução que o Rabier me propôs. Ele diz que eu não poderei encontrar meu marido, mas que ele cuidará de entregar as encomendas a ele e à sua irmã, posso levá-las amanhã de manhã. Ao sair do gabinete de Hermann, me encontro de novo com Rabier. Ele sorri, me reconforta: meu marido não será fuzilado "apesar do plano de explodir as instalações alemãs que encontramos em cima da mesa da sala com os dois romances". Ele ri.

Eu vivo em total isolamento. A única ligação com o mundo exterior: um telefonema de D. toda manhã e toda noite.

Passam-se três semanas. A Gestapo não veio para revistar minha casa. Com a ajuda dos eventos, pensamos que agora ela não virá mais. Peço para voltar a trabalhar. Foi concedido. François Morland, o chefe do nosso movimento, precisa de um oficial de ligação e me pede para substituir o agente da Ferry que está partindo para Toulouse. Eu aceito.

Na primeira segunda-feira de julho, às onze e meia da manhã, tenho que colocar em contato Duponceau (na época, o delegado do M.N.P.G.D.* na Suíça) e Godard (chefe do gabinete do ministro dos Prisioneiros, Henry Fresnay). Devemos nos encontrar na esquina do *boulevard* Saint-Germain com a Câmara dos deputados, do lado oposto da Câmara. Chego em ponto. Encontro Duponceau. Me aproximo dele e conversamos com aquele ar descontraído e natural que os membros da Resistência ostentam em plena luz do dia. Não se passaram nem cinco minutos quando ouço me chamarem a alguns metros de distância: Pierre Rabier. Ele me chama, estalando os dedos. Seu rosto é austero. Creio que estamos perdidos. Digo a Duponceau: "É a Gestapo, acabou para a gente." Me dirijo a Rabier sem hesitação. Ele não me cumprimenta.

– Você me reconhece?

– Sim.

– Onde você me viu?

– Rua des Saussaies.

Ou a presença de Rabier é puro acaso, ou ele veio para nos prender. Nesse caso, o "11 Legère"** da *polizei* está esperando atrás do edifício, e já é tarde demais.

---

* Sigla de Mouvement National des Prisonniers de Guerre et Déportés [Movimento Nacional de Prisineiros de Guerra e Deportados].

** Modelo do carro usado pela polícia alemã.

Sorrio para Rabier. Eu lhe digo: "Estou muito feliz em te encontrar, já o procurei várias vezes na saída da rua des Saussaies. Não tenho notícias do meu marido..." A expressão severa de Rabier se dissipa imediatamente – o que não me tranquiliza. Ele é alegre, cordial, me dá notícias da minha cunhada, a quem ele viu e a quem deu o pacote de que Hermann havia se encarregado. Meu marido ele não viu, mas sabe que o pacote foi entregue a ele. Não me lembro de mais nada do que ele disse. Mas me lembro disso: que de um lado Duponceau, para não me perder – "perder o contato" – ficou lá no mesmo lugar. E que, de outro, Godard chega e, não sei por que milagre, não me aborda. Fico esperando que ele confunda Rabier com Duponceau e que venha me estender a mão, mas não o faz. Estamos, Rabier e eu, cinco metros à frente e cinco metros atrás, enquadrados por meus dois camaradas. Essa situação de uma comicidade reconhecida e comprovada não faz ninguém rir. Me pergunto ainda hoje como Rabier não percebe minha confusão. Devo estar lívida. Aperto minhas mandíbulas para me impedir de bater os dentes. Parece que Rabier não vê. Durante dez minutos, ele fala. Eu não escuto nada. Ele parece não se importar. Através do meu medo, à medida que o tempo passa, uma certeza surge, de que estou lidando com um louco. O que sucede do comportamento de Rabier faz com que eu nunca me desfaça completamente desse sentimento. Enquanto ele fala, as pessoas passam e param perto de nós: a sra. Bigorrie e seu filho, vizinhos de bairro que não vejo há dez anos. Não posso dizer nem uma palavra. Eles partem rapidamente, sem dúvida atordoados com a minha mudança de aparência. Rabier me diz: "Bem, você conhece muita gente por aqui" – ele se referirá com frequência aos muitos encontros daquele dia – e então ele começa a falar novamente. Ouço ele dizer que em breve terá informações sobre meu marido. Concordo imediatamente com ele, como fiz muitas vezes depois, insisto em vê-lo novamente, em me encontrar com ele. Ele combina comigo para aquela mesma tarde às cinco e meia nos jardins da avenida de Marigny. Nos despedimos. Lentamente me junto a Duponceau, digo a ele que não entendo, o colega deveria estar atrás do edifício. Minhas dúvidas ainda são terríveis, pois não entendo de forma alguma por que Rabier me chamou nem por que me reteve por tanto tempo. Ninguém vem de detrás do edifício. Digo a Duponceau que o homem ali parado, a três metros de distância, Gordard, é aquele que ele deve contatar. Me afasto, não tenho ideia do que vai acontecer. Não sei se fiz bem em não prevenir Godard. Não olho para trás. Eu vou direto para a Gallimard. Desmaio em uma poltrona. Fico sabendo na mesma noite: os camaradas não haviam sido presos.

A presença de Rabier foi, de fato, uma coincidência. Ele havia parado porque havia reconhecido a jovem francesa que levara a encomenda para a rua des Saussaies. Soube mais tarde que Rabier era fascinado pelos intelectuais franceses, pelos artistas, pelos autores de livros. Ele havia entrado para a Gestapo porque não tinha conseguido comprar uma livraria de livros de arte (*sic*).

Vejo Rabier na mesma noite. Ele não tem notícias a me dar, nem do meu marido, nem da minha cunhada. Mas ele me diz que poderá ter.

A partir desse dia, Rabier me telefona, primeiro, dia sim, dia não, e depois todos os dias. Pouco tempo depois ele me pede para encontrá-lo. Eu o encontro. As ordens de François Morland são formais: devo manter esse contato, é o único que ainda nos liga aos camaradas presos. Além disso, se eu não viesse mais aos encontros com Rabier, seria aí então que me tornaria suspeita aos seus olhos.

Vejo Rabier todos os dias. Ele às vezes me convida para almoçar, sempre em restaurantes clandestinos. Na maioria das vezes, vamos a cafés. Ele me conta sobre as prisões que faz. Mas ele me conta sobretudo não sobre sua vida presente, mas sobre a vida à qual ele aspira. A pequena livraria de arte aparece frequentemente. Dou um jeito de, a cada vez, lembrá-lo da existência de meu marido. Ele diz que pensa sobre isso. Apesar das ordens de François Morland, tento várias vezes romper com ele, mas eu o advirto, lhe digo que vou para o campo, que estou cansada. Ele não acredita. Não sabe se sou inocente, o que sabe é que ele me tem. Ele está certo. Nunca vou para o campo. Sempre esse medo insuperável de ser definitivamente cortada de Robert L., meu marido. Eu insisto em saber onde ele está. Ele jura que está cuidando disso. Afirma que o salvou de ser julgado e que meu marido agora está junto aos refratários da S.T.O. Eu também o tenho: se eu descobrir que meu marido foi para a Alemanha, não preciso mais vê-lo, e ele sabe disso. A história da S.T.O. é falsa, descobrirei isso mais tarde. Mas se Rabier mente, é para me tranquilizar, tenho certeza de que ele pensa que pode fazer muito mais do que pode na realidade. Acho que ele chegou ao ponto de acreditar que poderia fazer meu marido voltar, e isso para me manter ali. O principal continua sendo que ele não me diz que meu marido foi fuzilado porque eles não sabem mais o que fazer com os prisioneiros.

Estou novamente em isolamento quase total. A instrução é de não vir a minha casa e de não me reconhecer em nenhuma circunstância. Obviamente, interrompo todas as atividades. Emagreço muito. Atinjo o peso de uma deportada. Todos os dias espero ser presa por Rabier. Todos os dias eu informo "pela última vez" à minha zeladora o lugar do meu encontro com Rabier e a hora em que eu deveria voltar. Vejo apenas um de meus camaradas, D. dito Masse, segundo no comando de Rodin, líder do grupo franco, editor do jornal *L'Homme libre*. Nos encontramos muito longe de onde moramos, caminhamos na rua e passeamos nos jardins públicos. Digo a ele o que Rabier me contou.

Surge uma dissensão no movimento.

– Algumas pessoas querem abater Rabier o quanto antes.

– Outros querem que eu saia rapidamente de Paris.

Em uma carta que D. envia a François Morland, prometo, sob compromisso de honra, fazer todo o possível para permitir ao movimento abater Rabier antes que a polícia se apodere dele, assim que eu souber que meu marido e minha cunhada estão fora de seu alcance. Em outras palavras, fora da França. Pois há também isso, além dos outros perigos: que Rabier descubra que eu pertenço a um movimento de resistência e que isso agrave o caso de Robert L.

Há dois períodos distintos em minha história com Rabier.

O primeiro período começa a partir do momento em que o encontro em um corredor na rua des Saussaies até o momento de minha carta a François Morland. É o período do medo, todos os dias, atroz, esmagador.

O segundo período vai dessa carta a François Morland até a prisão de Rabier. É o período desse mesmo medo, certamente, mas que às vezes dá lugar ao deleite de ter decidido a sua morte. De tê-lo pegado em seu próprio terreno, a morte.

Os encontros com Rabier são sempre de última hora, sempre em lugares inesperados e a horas igualmente inesperadas, como vinte para as seis, quatro e dez. Algumas vezes os encontros se dão na rua, algumas vezes num café. Mas seja na rua ou num café, Rabier chega sempre bem antes da hora marcada e espera longe o bastante do lugar combinado. Quando é num café, ele fica, por exemplo, na outra calçada, mas não diante do café, quando é na rua, ele fica sempre mais longe que o lugar indicado. Ele está sempre ali de onde se vê melhor a pessoa que se está esperando. Muitas vezes, quando chego não o vejo, ele surge detrás de mim. Mas, muitas vezes, quando chego eu o vejo, ele está a cem metros do café onde devemos nos encontrar, sua bicicleta a seu lado, apoiada num muro ou num poste de iluminação, ele carrega sua pasta na mão.

Eu tomo nota a cada dia do que se passou com Rabier, o que eu descobri de falso ou de verdadeiro sobre os comboios dos deportados para a Alemanha, as notícias do *front*, a fome em Paris, não há mais nada, estamos cortados da Normandia sobre a qual Paris viveu durante cinco anos. Tomo essas notas pensando em Robert L., para quando ele voltar. Marco também sobre um mapa militar o avanço das tropas aliadas na Normandia e em direção à Alemanha dia após dia. Guardo os jornais.

Logicamente, Rabier deveria fazer todo o possível para fazer desaparecer de Paris a testemunha mais bem informada de suas atividades na Gestapo, a mais perigosa para ele, a mais confiável: escritora e esposa de um combatente da Resistência, eu. Ele não o faz.

Rabier sempre me dá informações, mesmo quando ele pensa que não está me dando nenhuma. Normalmente são fofocas dos corredores da rua des Saussaies. Mas é assim que descubro que os alemães começam a ter muito medo, que alguns desertam, que os problemas de transporte são os mais difíceis de resolver.

François Morland também começa a ter medo. D. tem medo desde o primeiro dia. Pelo sr. Leroy, por mim.

Esqueço de dizer: os encontros com Rabier são sempre em lugares abertos, com várias saídas, cafés de esquina, cruzamento de ruas. Esses bairros de predileção são o VIe, Saint-Lazare, République, Duroc.

No início, tive receio de que ele me pedisse para ir até a minha casa um instante depois de me acompanhar até minha porta. Ele nunca o fez. Sei que ele pensou nisso desde aquela primeira reunião no jardim da avenida de Marigny.

Na última vez que vi Rabier, ele me pediu para ir tomar um drinque com ele "em um estúdio de um amigo que não está em Paris". Eu disse: "Em outra ocasião." Me safei. Mas aquela vez ele sabia que era a última vez. Ele já havia decidido que deixaria Paris naquela noite. Do que ele não tinha certeza era do que faria comigo, de como me faria mal, se me levaria com ele na fuga ou se me mataria.

Acabo de me lembrar que ele foi pego uma primeira vez na rua des Renaudes, em um estúdio em seu nome, eu acho, e depois solto, e que vinte anos mais tarde foi nessa mesma rua que Georges Figon foi encontrado morto "por suicídio" pela polícia francesa. Essa rua que eu não conheço. A palavra é sombria, de um último encobrimento, cega.

Apenas uma vez o vi em mau estado, seu casaco marrom estava descosturado nas mangas, faltando botões. Ele tinha feridas no rosto. Sua camisa estava rasgada. Foi em um dos últimos cafés, rua de Sèvres, em Duroc. Ele estava exausto mas sorria, amigável como sempre.

– Eu os perdi. Eram muitos.

Ele se recupera: "Foi difícil, eles se defenderam, havia seis deles ao redor do lago do Jardim de Luxemburgo. Jovens, correram mais rápido do que eu."

Aperto no coração, sem dúvida, como um apaixonado desprezado, um sorriso arrependido: logo será velho demais para deter a juventude.

Acho que é nesse dia que ele me fala sobre os delatores que qualquer movimento de resistência inevitavelmente gera. É ele quem me conta que fomos entregues por um membro da nossa rede. O camarada preso tinha falado sob a ameaça da deportação. Rabier dizia: "Foi fácil, ele nos disse onde era, qual sala, qual escrivaninha, qual gaveta." Rabier me passa o nome. Eu o passo a D. D. o passa ao movimento. O hábito é tal, de punir, de se defender, de se livrar, e sobretudo de *"não ter tempo"*, que é tomada a decisão de abater esse camarada na Liberação. Até mesmo escolhem o local, um parque em Verrières. Com a chegada da Liberação, o projeto será abandonado por unanimidade.

Rabier sofre porque eu não engordo. Ele diz: "Eu não suporto isso." Ele suporta prender, enviar à morte, mas não suporta que eu não engorde quando ele quer. Ele me traz suprimentos. Eu os entrego à zeladora ou os jogos no *ralo*. Dinheiro, não, digo que jamais aceitarei. Ali, a superstição é mais tenaz.

O que ele teria gostado, além da livraria, era de se tornar um especialista em telas e objetos de arte para os tribunais. Ele diz em seu requerimento ter sido "crítico de arte no *Journal des Débats*, curador do castelo de Roquebrune, especialista da empresa P.L.M. Até o presente", escreve ele, "tendo adquirido uma bagagem muito importante de documentações e de análises, e apaixonadamente interessado por todas as questões relacionadas às artes antiga e moderna, acredito poder cumprir com os conhecimentos necessários às missões mais sérias e mais delicadas que me serão confiadas."

Marcamos na rua Jacob, rua des Saints-Pères. E também na rua Lecourbe.

Toda vez que tenho que ver Rabier, isso continuará até o final, vou como se fosse para ser morta. Como se ele não soubesse nada sobre minha atividade. A cada vez, a cada dia.

Eles foram presos, sequestrados, levados para longe da França. E nunca mais houve a menor notícia deles, nunca o menor sinal de vida, nunca. Nem mesmo um aviso de que não valia mais a pena esperar, que eles estavam mortos. Nem mesmo para cessar a esperança, deixar a dor se acomodar durante anos. Com os deportados políticos eles fizeram o mesmo. Para eles, não valia a pena avisar, eles não dizem que não vale mais a pena esperar por eles, que não os veremos nunca mais, nunca. Mas quando pensamos assim, de repente, você se pergunta quem mais fez isso? Quem fez isso? Mas quem?

Dessa vez é na rua de Sèvres, estamos vindo de Duroc, passamos justamente em frente à rua Dupin, onde meu marido e minha cunhada foram presos. São cinco horas da tarde. Já estamos no mês de julho. Rabier para. Ele segura sua bicicleta com a mão direita, coloca sua mão esquerda no meu ombro, seu rosto voltado para a rua Dupin, ele diz: "Olhe. Hoje faz exatamente quatro semanas que nos conhecemos."

Não respondo. Penso: "Acabou."

– Um dia, continua Rabier – ele se demora num sorriso largo –, um dia fui encarregado de prender um desertor alemão. Tive primeiro que conhecê-lo e depois tive que segui-lo para onde quer que ele fosse. Durante quinze dias, dia após dia, eu o vi, durante longas horas todos os dias. Tínhamos nos tornado amigos. Era um homem notável. Após quatro semanas, eu o conduzi até uma porta de garagem onde dois de meus colegas esperavam para prendê-lo. Ele foi fuzilado quarenta e oito horas depois.

Rabier acrescentou: "Naquele dia também fazia quatro semanas que nós nos conhecíamos."

A mão de Rabier ainda estava no meu ombro. O verão da Liberação se tornou gelado.

No medo, o sangue foge da cabeça, o mecanismo da visão se turva. Vejo os altos edifícios do cruzamento da Sèvres balançarem no céu e as calçadas afundarem, escurecerem. Não consigo mais ouvir claramente. A surdez é relativa. O ruído da rua fica abafado, assemelha-se ao rumor uniforme do mar. Mas escuto bem a voz de Rabier. Tenho o tempo de pensar que esta é a última vez na minha vida que vejo uma rua. Mas não reconheço a rua. Pergunto ao Rabier:

– Por que você está me contando isso?

– Porque vou pedir-lhe que me siga – diz Rabier.

Descobri que sempre esperei por isso. Me disseram que assim que o horror se confirma, aparece o alívio, a paz. É verdade. Ali na calçada, me percebi já parada, não mais acessível ao próprio fator do medo: ao próprio Rabier, escapando dele. Rabier fala mais uma vez: "Mas a você vou pedir que me siga até um restaurante onde você nunca esteve. Terei o extremo prazer em te convidar."

Ele recomeçou a caminhar. Entre a primeira frase e a segunda frase passou o tempo de tomar uma certa distância, foi um pouco menos de um minuto e meio, o tempo de chegar à praça Boucicaut. Ele para novamente, e desta vez ele olha para mim. Vejo-o rindo na névoa. Com uma expressão muito cruel, terrível, o riso indecente irrompe. A indelicadeza também, de repente ela ganha terreno, nauseante. É um teatro que ele faz com mulheres com que sai, sem dúvida prostitutas. Uma vez acabado o teatro, elas lhe devem a vida. Acredito que, dessa forma em particular, ele deve ter tido mulheres aqui e acolá, durante o ano que passou na rua des Saussaies.

Rabier tinha medo de seus colegas alemães. Os alemães tinham medo dos alemães. Rabier não sabia a que ponto os alemães assustavam as populações dos países ocupados por seus exércitos. Os alemães davam tanto medo quanto os hunos, os lobos, os criminosos, mas, sobretudo, os psicóticos do crime. Eu nunca descobri como dizer, como contar àqueles que não viveram essa época que tipo de medo era.

Soube durante seu julgamento que a identidade de Rabier era falsa, que ele tomara o nome de um primo morto nas redondezas de Nice. Que ele era alemão.

Rabier me deixa naquela noite na Sèvres-Babylone, realizado e feliz consigo mesmo.

Eu ainda não o havia sentenciado à morte.

Volto para casa a pé. Lembro-me bem da rua de Sèvres, uma ligeira curva antes da rua des Saints-Pères, e da rua du Dragon, caminhamos sobre a calçada, não há carros.

De repente, a liberdade é amarga. Acabo de experimentar a perda total de esperança e do vazio que se segue: não nos lembramos, isso não vira memória. Acredito sentir um leve pesar por ter escapado de morrer viva. Mas continuo caminhando, vou da pista para a calçada, e depois volto para a pista, caminho, meus pés caminham.

Não sei mais que restaurante é – era um restaurante clandestino, frequentado por colaboradores, milicianos, pela Gestapo. Ainda não era o restaurante da rua Saint-Georges. Ele crê, ao me convidar para comer, me manter numa saúde relativa. Ele me protege, assim, do desespero, aos seus olhos ele é minha providência. Que homem teria resistido a esse papel? Ele não resiste. Esses almoços são as piores lembranças, restaurantes fechados, "amigos" batendo à porta, a manteiga sobre as mesas, o creme fresco em excesso em todos os pratos, as carnes suculentas, o vinho. Não tenho fome. Ele fica desesperado.

Um dia ele se encontra comigo no Café de Flore, como de costume ele não está lá quando eu chego. Nem na avenida, nem dentro do café. Eu me sento na segunda mesa à esquerda quando entro. Conheço o Rabier há pouco tempo. Ele ainda não sabe exatamente onde eu moro, mas sabe que vivo no bairro de Saint-Germain-des-Prés. É por isso que, naquele dia, ele opta por me encontrar no Flore. No Flore dos existencialistas, o café da moda.

Mas em poucos dias me tornei tão prudente quanto ele, me tornei sua policial, aquela que causará sua morte. À medida que aumenta, o medo corrobora esta certeza: ele está em minhas mãos.

Eu tive tempo de avisar. Dois amigos estão andando em frente ao Café de Flore, eles têm por missão justamente advertir para que ninguém me aborde. Estou, portanto, relativamente calma. Começo a me acostumar com o medo de morrer. Parece impossível. Diria mais dessa forma: eu começava a me acostumar com a ideia de morrer.

O que ele faz no Flore, ele nunca mais fará. Ele coloca sua pasta sobre a mesa. Ele a abre. Ele tira uma arma da pasta. Ele coloca a pasta sobre a mesa e ele coloca o revólver sobre a pasta.

Esses gestos, ele os executa sem uma palavra de explicação. Ele então pega, entre seu cinto de couro e o bolso de suas calças, uma corrente de relógio, parece, de ouro. Ele me diz: "Olhe, esta é a corrente para as algemas, é ouro. A chave também é ouro." Ele abre novamente a pasta e tira um par de algemas que coloca perto do revólver. Tudo isso no Flore. É um grande dia para ele, para ser visto ali, com o kit de policial perfeito. Eu não sei o que ele procura. Será que quer me fazer correr o risco da maior vergonha, a de ser vista na mesma mesa que um agente da Gestapo, ou quer simplesmente me convencer que ele é realmente isso, e somente isso, essa função, essa de dar a morte a quem não seja um nazista. Ele tira um pacote de fotografias de sua pasta, escolhe uma e a coloca na minha frente.

– Olhe para esta foto – diz ele.

Eu olho para a foto. É Morland. A foto é muito grande, é quase em tamanho real. François Morland olha para mim também, olhos nos olhos, sorrindo. Eu digo:

– Não entendo. Quem é?

Eu não esperava nada disso. Ao lado da foto, as mãos de Rabier. Elas tremem. Rabier treme de esperança porque acha que eu reconhecerei François Morland. Ele diz:

– Morland – ele espera. Esse nome não significa nada para você?

– Morland...

– François Morland é o líder do movimento ao qual seu marido pertencia.

Ainda estou olhando para as fotos. Pergunto:

– Nesse caso, eu deveria conhecê-lo?

– Não necessariamente.

– Você tem outras fotos?

Ele tem outra.

Eu tomo nota: terno cinza muito claro, cabelo muito curto, gravata-borboleta, bigode.

– Se você me disser como posso encontrar esse homem, seu marido será liberado à noite, ele estará de volta amanhã de manhã.

Cinza muito claro, bigode antes de tudo, cabelos muito curtos. Terno de abotoadura dupla. Gravata-borboleta muito visível. Rabier não sorri mais, ainda está tremendo. Eu não tremo. Quando não é somente nossa vida que está em jogo, encontramos o que se deve dizer. Encontro o que dizer e como agir, estou salva. Eu digo: "Mesmo que eu o conhecesse, seria repugnante da minha parte te dar informações como essa. Não entendo como você ousa me perguntar isso."

Enquanto digo isso, olho para a outra foto.

Seu tom é menos convincente: "Ele é um homem que vale duzentos e cinquenta mil francos. Mas não é por isso. É muito importante para mim."

Morland está em minhas mãos. Temo por Morland. Não temo mais por mim. Morland se tornou meu filho. Meu filho está ameaçado, arrisco minha vida para defendê-lo. Sou responsável por ele. De súbito, é Morland que está arriscando sua vida. Rabier continua:

– Eu te asseguro, te juro: seu marido deixará Fresnes nesta mesma noite.

– Mesmo se eu o conhecesse, não te diria.

Eu olhava para as pessoas no café. Ninguém parecia ter visto as algemas e o revólver sobre a mesa.

– Mas você não o conhece?

– É isso, por acaso não o conheço.

Rabier coloca as fotos de volta na pasta. Ainda está tremendo um pouco, não sorri. Apenas uma tristeza no olhar, mas é breve e rapidamente eliminada.

Também tomo nota dos fatos para fazer Robert L. rir. Ele ri, se acaba de rir. Tomo nota da chave de algema dourada, da corrente dourada. Ouço as gargalhadas de Robert L.

Rabier já havia feito vinte e quatro prisões no período que antecede ao nosso encontro, mas ele teria gostado de ter muitos mais mandados de prisão. Ele gostaria de ter prendido quatro vezes mais gente e especialmente pessoas importantes. Ele via seu trabalho policial como uma promoção. Até então ele havia prendido judeus, paraquedistas, resistentes de terceira categoria. A prisão de François Morland teria sido um evento sem precedentes em sua vida. Estou certa de que Rabier via uma ligação possível entre a prisão de Morland e a livraria de arte. No seu delírio, essa prisão prestigiosa teria podido render a seu autor uma recompensa dessa ordem. Rabier nunca levou em conta a derrota alemã. Pois se Rabier podia conceber ser um policial agora e amanhã o diretor de uma livraria de arte em Paris, seu sonho, era por meio de uma vitória alemã, pois apenas uma sociedade franco-alemã nazista triunfante sobre a França podia reconhecer seus serviços, e mantê-lo em seu seio.

Rabier me disse um dia que se os alemães fossem forçados a evacuar Paris, uma eventualidade na qual ele não acreditava, ele permaneceria na França em missão secreta. Acho que foi em um restaurante, entre dois pratos, o tom foi casual.

Com o dinheiro que me resta, compro três quilos de feijão carunchado e um quilo de manteiga, subiu novamente, vale doze mil francos o quilo. Faço essa despesa para me manter viva.

Nós nos vemos todos os dias, D. e eu. Falamos de Rabier. Eu lhe conto o que ele diz. Tenho dificuldade em lhe descrever sua imbecilidade essencial. Ela o envolve inteiramente, sem margem de acesso. Em Rabier, tudo é uma emanação de sua imbecilidade, os sentimentos, a imaginação e o pior do otimismo. Isso, desde o começo. É possível que eu nunca tenha conhecido alguém tão solitário como esse provedor de mortes.

Nas fotografias de grupo do C.C. do Soviete Supremo[*] em Moscou, os membros assassinos me parecem estar na mesma solidão que Rabier, a alma comida pelas traças, a solidão da cólera, menos ainda, todos engravatados, cada um tremendo de medo de seu vizinho, da execução capital de amanhã.

Havia algo no caso de Rabier que o tornava ainda mais solitário do que outros. Além da livraria de arte, Rabier tinha que esperar pelo fim de um pesadelo. Mas ele nunca me falou sobre isso. Para assumir a identidade de um homem morto, para roubar a identidade desse jovem que morreu em Nice, deve ter havido nos anos anteriores da vida de Rabier um ato criminoso, um episódio não resolvido e ainda passível de justiça. Ele vivia sob um nome falso. Sob um nome francês. E isso faz um homem ainda mais só do que os outros homens. Eu era a única que escutava Rabier. Mas Rabier não era audível. Estou falando de sua voz, da voz de Rabier. Ela era montada em peças, calculada, uma prótese. Sem timbre, poderia dizer isso para qualificá-la, mas era muito mais importante que isso, muito maior. Para mim, era também porque essa voz não era audível que eu a escutava com tanta atenção. De vez em quando, tinha vestígios de sotaque. Mas qual sotaque? O máximo que se poderia dizer era: "Como vestígios de um sotaque alemão?" Era

---

[*]   Soviete Supremo era a mais alta instância do poder legislativo da União Soviética.

isso que lhe tirava qualquer identidade possível, essa estranheza, que filtrava a memória e se espalhava na voz. Ninguém falava assim, ninguém que tinha tido uma infância e colegas de escola num determinado país de nascimento.

Rabier não conhecia ninguém. Ele nem sequer conversava com seus colegas, creio ter adivinhado que isso não acontecia. Rabier só podia falar com pessoas cujas vidas ele tinha à sua disposição, aquelas que ele enviava para os crematórios ou para os campos de concentração, ou aquelas que ficaram, ansiosas por notícias, suas mulheres.

Se ele havia concedido um adiamento de três semanas ao desertor alemão, era para poder falar com alguém durante três semanas, para falar sobre si mesmo, Rabier. Eu fui o erro dele. Ele poderia ter me prendido quando quisesse. Ele encontrou em mim uma audiência que provavelmente nunca tinha tido antes, incansável. Incomodou-o tanto ser tão escutado que ele fez imprudências, a princípio inofensivas e depois cada vez mais graves, mas que na lógica mais simples deveriam levá-lo à pena capital.

À noite eu acordo, à noite o vazio da ausência é enorme, o medo atravessa, terrível. Depois nos lembramos que ainda ninguém tem notícias. É mais tarde, quando as notícias começam a chegar, que a espera começará.

Rabier é casado com uma jovem mulher de vinte e seis anos. Ele tem quarenta e um anos. Tem um filho que deve ter entre quatro e cinco anos de idade. Vive com sua família nas imediações de Paris. Todos os dias ele vem a Paris em sua bicicleta. Acho que nunca soube o que ele dizia à sua esposa sobre como ocupava seu tempo. Ela ignorava que ele era da Gestapo. É um homem grande, louro, é míope e usa óculos de armação folheada em ouro. Tem olhos azuis, risonhos. Atrás desse olhar podemos supor a saúde da qual o corpo se farta. Ele está muito bem cuidado. Todos os dias muda de camisa. Todos os dias seus sapatos estão engraxados. Tem unhas imaculadas. Sua limpeza é inesquecível, meticulosa, quase maníaca. Ele deve fazer disso uma questão de princípio. Está vestido como um cavalheiro. Neste negócio, você tem que parecer um cavalheiro. Ele, que bate, que luta, que trabalha com armas, sangue, lágrimas, parece que opera com luvas brancas, tem as mãos de um cirurgião.

Durante os primeiros dias da debandada alemã, Rabier diz, com um sorriso: "Rommel* vai contra-atacar. Tenho informações."
Acabamos de deixar um café-tabacaria no lado da Bolsa de Paris e caminhamos. O tempo está bom. Falamos sobre a guerra. Era preciso falar ainda, sob pena de parecer triste. Eu falo, digo que há várias semanas a frente da Normandia está paralisada. Digo que Paris está morrendo de fome. Que um quilo de manteiga vale treze mil francos. Ele diz: "A Alemanha é invencível."
Nós caminhamos. Ele dá uma boa olhada em tudo ao seu redor, as ruas vazias, as multidões nas calçadas. Os comunicados são formais, o *front* vai desmoronar de um dia para o outro, o mundo inteiro está esperando por esse momento, o primeiro retrocesso. Ele olha para Paris com amor, a conhece muito bem. Prendeu pessoas em ruas semelhantes a essas. Em cada rua, suas lembranças, seus urros, seus gritos, seus soluços. Essas lembranças não fazem Rabier sofrer. Elas são as jardineiras desse jardim,

---

* Erwin Rommel, general-marechal de campo das Forças Armadas da Alemanha nazista.

Paris, dessas ruas que eles amam, agora livres de judeus. Ele só se lembra de suas boas ações, não tem nenhuma lembrança de ter sido brutal. Quando fala das pessoas que prendeu, ele suaviza: todos compreenderam a triste obrigação sob a qual estavam, nunca causaram nenhum problema, todos encantadores.

– Você está triste, eu não consigo suportar que esteja triste.

– Eu não estou triste.

– Sim, você está, você não diz nada.

– Eu gostaria de ver meu marido.

– Conheço alguém em Fresnes que pode ter notícias dele, que te dirá que comboio ele vai pegar. Mas você tem que lhe dar dinheiro.

Digo que não tenho dinheiro, mas que tenho algumas joias, um anel de ouro com um topázio muito bonito. Ele me diz que sempre se pode tentar. No dia seguinte, volto com o anel, entrego a ele. No dia seguinte a esse, Rabier me diz que entregou o anel para a pessoa em questão. Depois não fala mais sobre isso. Vários dias passam. Eu o questiono sobre o destino do anel. Ele me diz que tentou ver a pessoa em questão novamente mas em vão, acredita que ela não deva mais trabalhar em Fresnes, que ela deve ter voltado para a Alemanha. Não pergunto se ela partiu com o anel.

Sempre acreditei que Rabier nunca lhe havia dado o anel, que ele o pegara, que inventara essa história sobre uma mulher em Fresnes para me manter, para me fazer acreditar que meu marido ainda estava lá, acessível, e que ele ainda poderia tentar encontrá-lo. Ele não podia me devolver o anel sem revelar para mim sua mentira.

Ele está sempre com essa pasta muito bonita, excepcionalmente bonita. Sempre pensei que era uma "aquisição" que ele tinha feito durante uma prisão, ou numa busca em um apartamento vazio. Em sua pasta nunca havia nada além das algemas e da arma. Nenhum documento, nunca. Exceto naquela vez, no Flore, as fotografias de Morland.

Com ele, nos bolsos internos do casaco, ele carrega dois outros revólveres de menor calibre do que aquele da pasta. De acordo com seu advogado de defesa, *maître* F., ele às vezes chega a carregar mais dois, além desses dois, sempre nos bolsos internos do casaco, feitos para esse fim.

Esse porte imoderado de revólveres foi argumento a favor de Rabier em seu julgamento.

– Olhe para esse imbecil que chegou ao ponto de carregar seis revólveres com ele – disse F., seu advogado designado.

No banco dos réus, Rabier está sozinho. Ele ouve com atenção. Tudo o que é dito aqui lhe diz respeito. Ele não nega os seis revólveres. Falam sobre ele e a principal coisa que ele queria na vida é alcançada. Falam sobre Rabier, o questionam e ele responde. Ele próprio não entende por que carrega seis revólveres, algemas de ouro, uma corrente e uma chave de ouro. Não explicam para ele.

Ele está sozinho no banco dos réus. Não está preocupado, tem uma coragem que se poderia dizer sobrenatural com o quanto que parece indiferente à morte que o espera. Ele nos olha com amizade. Somos os únicos, D., ele e eu, que falamos menos que os outros. Ele dirá de nós: "Foram inimigos leais."

Vou para Fresnes. Somos cada vez mais numerosos indo para Fresnes todas as manhãs para tentar ter notícias. Esperamos em frente à monumental porta da prisão de Fresnes. Questionamos todos que saem de lá, tanto os soldados alemães quanto as faxineiras francesas. A resposta é sempre a mesma: "Eu não sei. Nós não sabemos de nada."

Ao longo das linhas ferroviárias que os comboios de judeus e deportados pegavam, as pessoas às vezes encontram nomes escritos em pequenos pedaços de papel com o endereço para o qual eles devem ser enviados e o número dos comboios. Muitos desses papéis chegam a seus destinatários. Às vezes, uma segunda mensagem é anexada à primeira, na qual está escrito o lugar na França, Alemanha ou Silésia onde o primeiro papel foi encontrado. Também começamos a esperar por eles, esses bilhetes jogados para fora dos vagões. Por precaução.

A defesa alemã da Normandia está em colapso. Tentamos descobrir o que vão fazer com seus prisioneiros: se vão apressar a deportação dos *políticos* para a Alemanha ou se vão fuzilá-los antes da partida. Há alguns dias que os ônibus saem da prisão cheios de homens cercados pelos soldados armados. Às vezes, eles gritam informações. Uma manhã, na plataforma de um desses ônibus, eu vejo Robert L. Corro, pergunto para onde estão indo. Robert L. grita. Creio ter ouvido a palavra "compiègne". Caio desmaiada. Pessoas vem na minha direção. Eles confirmam que ouviram a palavra "compiègne". Compiègne é a estação de triagem que abastecia os campos. Sua irmã já deve ter ido. Acho que há menos chances agora de que ele seja morto, desde que ainda houvesse trens. Saberei mais tarde, provavelmente por Morland, não sei bem, que estava enganada, que Robert L. havia partido para a Alemanha no dia 18 de agosto no comboio dos casos graves.

Naquela mesma noite, conto a D. minha decisão de entregar Rabier ao movimento, para que agissem rapidamente antes que ele tivesse tempo de fugir.

A primeira coisa a fazer é que alguns membros do movimento identifiquem Rabier. O tempo se apressa de repente. Tenho medo de morrer. Todos têm medo de morrer. É um medo terrível. Nós não conhecemos os alemães. Estamos certos de que os alemães são assassinos. Sei que Rabier pode me matar como uma criança saberia. Isso se confirma a cada dia. Mesmo que ele me telefone todos os dias, está há vários dias seguidos "sem poder me ver", diz ele. Eles têm que mover os arquivos, eu imagino. Então um dia ele ainda pode me ver. Pergunta se eu posso almoçar com ele. Digo que sim. Como de costume, ele me liga meia hora antes para me dizer a hora e o lugar. D. me liga de volta, como planejado. Me diz que, para maior segurança, serão dois que virão reconhecê-lo.

É um restaurante na rua Saint-Georges perto da estação Saint-Lazare, quase exclusivamente frequentado por agentes da Gestapo. Dadas as novidades, Rabier sem dúvida tem medo de estar longe dos seus.

Rabier me espera, como de costume, fora do restaurante, no cruzamento das ruas Saint-Georges e Notre-Dame-de-Lorette.

Há muita gente. O local é bastante sombrio, composto por dois ambientes do mesmo tamanho, um deles com vista para a rua. Os dois ambientes estão separados por um longo banco de couro *moleskine*. Rabier e eu nos sentamos na mesa do fundo, no ambiente que dá para a rua.

É somente quando estou sentada ao seu lado que levanto os olhos. Os camaradas ainda não chegaram. Está quase cheio. Quase todas as pessoas levam pastas debaixo dos braços. Rabier cumprimenta todo mundo. Mal respondem. Estou firme na ideia de que, mesmo aqui, entre os seus, ele está sozinho.

Eu baixo os olhos novamente – as pálpebras de chumbo me impedem de olhar, me protegem. Tenho vergonha e tenho medo.

Simplifico: sou a única aqui que não é empregada da polícia alemã. Tenho medo de ser morta, tenho vergonha de viver. Não consigo mais distinguir. O que me faz perder peso um pouco mais a cada dia é a vergonha, assim como o medo e a fome. O medo por Robert L. está limitado ao medo da guerra. Ainda não sabemos sobre os campos. Estamos em agosto de 1944. Somente na primavera é que veremos. A Alemanha perde suas conquistas, mas seu solo ainda segue inviolável. Nada foi descoberto sobre as atrocidades nazistas ainda. O que se teme pelos prisioneiros, pelos deportados, é o fantástico fiasco que está por vir. Ainda estamos no escuro sobre tudo que tem acontecido desde 1933 na Alemanha. Estamos nos primórdios da humanidade, ela ainda é virgem, virginal por mais alguns meses. Nada ainda é revelado sobre a espécie humana. Estou atada a sentimentos elementares cuja clareza não é manchada por nada. Tenho vergonha de estar ao lado de Pierre Rabier Gestapo, mas também tenho vergonha de ter que mentir para esse Gestapo, esse caçador de judeus. A vergonha vai tão longe quanto a vergonha de talvez morrer por suas mãos.

As notícias são ruins para eles. Montgomery rompeu o *front* de Arromanches durante a noite. Rommel foi chamado de urgência pelo G.Q.G.* do *front* da Normandia.

Na mesa ao lado, há um casal que, ao que parece, Rabier conhece vagamente. Eles começam a falar sobre a guerra. Eu baixo os olhos de novo ou olho a rua. É impossível para mim – tenho a sensação – me colocar em grande perigo de me meter a olhar para eles. De repente acredito que aqui leem o fundo dos olhos das pessoas, seus sorrisos, suas maneiras à mesa, e isso mesmo com nosso esforço em parecer natural. A senhora da mesa ao

---

* Grand Quartier Général [Grande Quartel General].

lado diz, dirigindo-se a mim e a Rabier: "Eles, veja só, já vieram ontem à noite. Bateram à porta. Não perguntamos quem eram, não acendemos a luz."

Eu entendo que os membros da Resistência foram até a casa dessas pessoas à noite. Que a porta do apartamento delas é blindada e que não puderam entrar. Rabier sorriu, virou-se para mim, falou baixinho: "Ela está com medo."

Ele pede vinho. Eles ainda não chegaram. O vinho muda tudo. O medo se derrete. Eu pergunto a ele:

– E a sua porta?

– Não é blindada, eu não tenho medo, você sabe disso.

Pela primeira vez, falo com ele da mulher desmaiada que ele segurava nos braços nos corredores da Gestapo, quando eu o reencontrei. Digo que sei que se tratava da tortura na banheira. Ele riu como se riria da ingenuidade de uma criança. Ele diz que não é nada, que é apenas desagradável, que exageramos muito nisso. Eu olho para ele. Já tem menos importância. Ele não é mais nada. É apenas um agente da polícia alemã, mais ninguém. Eu o vejo repentinamente levado por uma tragédia burlesca, cretina como um mau dever de retórica, já atingido por uma morte do mesmo tipo, ela mesma desvalorizada, não credível, plana. D. me diz que tentariam abatê-lo nos próximos dias. O lugar já está escolhido. Devemos agir rapidamente antes que ele deixe Paris.

A perspectiva da chegada de D. a este restaurante é inimaginável. Acredito que no instante em que entrarem, tão belos, tão jovens, a polícia alemã os reconhecerá. E acredito que se comportarão mal. O tipo de medo que vivo com Rabier há semanas, o medo de não fazer frente ao medo – a defesa está aqui, nesta forma de dizer – esse medo, eles não o conhecem. Eles são inocentes. Ao lado de Rabier e de mim, eles são inocentes, não praticaram a morte de nenhuma forma.

Eu digo a Rabier: "As notícias não são boas para você."
Ele me serve vinho, mais e mais. Ele nunca fez isso, eu também nunca bebo assim: assim que o vinho é servido, eu o engulo. Digo: "As notícias são boas para mim." Eu rio. É o vinho. Está claro, é o vinho. Eu já não posso mais não beber tanto. Ele me olha. Ele deve ter morrido com esse olhar. Já ali, ele se aparta de todos, glorificado, já é o que será no banco dos réus, não pode mais ser outra coisa: um herói.

"Um dia", diz Pierre Rabier, "eu tinha que prender uns judeus, entramos no apartamento, não havia ninguém lá. Sobre a mesa da sala de jantar havia lápis de cor e um desenho de criança. Eu saí sem esperar pelas pessoas." Chegou ao ponto de me dizer que, na hipótese de que tivesse sabido, ele teria me avisado sobre minha prisão. Eu traduzo: no caso de alguém além dele ter um mandado de prisão contra mim. Assim é ele, de uma absoluta indiferença à dor humana, mas ele se dá ao luxo de ter certos sofrimentos privados, devemos a eles nossas vidas, o pequeno judeu e eu.

Eu olho para ele de novo, com o vinho é cada vez mais frequente. Ele fala sobre Alemanha. Não posso endossar sua fé. Segundo ele, ela é irreconhecível, sobretudo pelos outros, os franceses derrotados. Digo a ele:
– Acabou, acabou. Em três dias Montgomery estará em Paris.
– Você não entende. Isso é impossível. Nossa força é inesgotável. Somente os alemães podem entender.
Ele morrerá porque os deuses não falham. Isso é o que os jornais dirão. Eu digo: "Ele morrerá dentro de três noites." Me lembro exatamente: olhei para sua camisa nova. Ele estava vestindo seu terno marrom. Sua camisa tinha um colarinho Danton,

combinava com o terno, de um bege um pouco dourado. Pensei que era uma pena que essa nova camisa vestisse um condenado à morte. Pensei de novo, mais intensamente, enquanto olhava intensamente para ele: "Estou te dizendo que você não vai comprar sapatos esta tarde porque não vale a pena." Ele não ouve. Penso que ele é privado de ouvir pensamentos, é privado de tudo, que ele só tem que morrer.

Penso que, se ele me obriga a beber assim, é porque já está no desespero da derrota, é curioso que ele não o saiba. Ele acha que está me dando bebida para tentar me arrastar para um hotel. Mas ignora que ainda não sabe o que vai fazer comigo nesse hotel, se vai me levar ou me matar. Ele diz: "Oh, que terrível, você perdeu peso de novo. *Eu não posso* suportar isso."

Naquela manhã, sinto muito claramente que esse que prende os judeus e os envia para os crematórios não resiste ao espetáculo que eu ofereço a seus olhos, o de uma mulher magra e sofredora – a partir do momento em que ele é a causa. Ele dirá frequentemente que, se soubesse, não teria prendido meu marido. Todos os dias ele decidia meu destino, e todos os dias, se soubesse, ele dizia, meu destino teria sido diferente. Que ele tenha sabido ou não, antes ou depois, meu destino estava em suas mãos. Esse poder é conferido à função policial. Mas geralmente estamos isolados de suas vítimas, na polícia, ele, ao me conhecer, tinha a confirmação de seu poder, conhecia a maravilhosa oportunidade de entrar na sombra de seus atos, de desfrutar dessa clandestinidade de si mesmo para si mesmo.

De repente percebo que o que reina no restaurante é um grande medo. Foi quando meu medo se dissipou que eu vi esse medo. As quarenta, cinquenta pessoas presentes ali estavam ameaçadas de morte nos dias seguintes. Já uma chacina.

Eu me lembro do vinho, fresco. Tinto. Lembro que ele não bebia.

– Você não conhece a Alemanha, nem Hitler. Hitler é um gênio militar. Tenho fontes seguras dizendo que dentro de dois dias grandes reforços vão chegar da Alemanha. Já teriam atravessado a fronteira. O avanço britânico vai ser interrompido.

– Não acredito nisso. Hitler não é um gênio militar.

Eu acrescento: "Também tenho informações. Você vai ver."

A senhora aponta para mim e pergunta: "Mas o que é que ela está dizendo?"

Rabier se volta para ela. De repente, ele é frio, distante.

– Ela não tem a mesma opinião sobre a guerra que nós – diz Rabier.

A mulher não entende o que Rabier está dizendo nem o porquê de ele ser tão duro de repente.

Vejo-os na rua deixando as bicicletas. É D. Para o segundo escolheram uma jovem garota. Baixo os olhos. Rabier olha para eles, depois os tira de vista, não percebe nada. Ela deve ter dezoito anos. É uma amiga. Eu poderia vê-los atravessar um braseiro com menos emoção. Eles atravessam o restaurante. Procuram uma mesa. Há pouquíssimas mesas livres. Eles deviam estar começando a ter medo de não encontrar uma mesa. Eu os vejo sem olhar. Eu bebo. Eis que eles encontram uma mesa. Está a duas mesas de distância da nossa, de frente para a nossa. Noto que havia outra um pouco mais longe, eles não a pegaram, escolheram então a mais próxima. Já estão talvez tomados por seu papel, habitados pela imprudência, a turbulência das crianças. Gravo seus rostos com o olhar, vejo a alegria em seus olhos. Eles também a veem nos meus.

Rabier fala: "Ontem, veja você, prendi um jovem de vinte anos, perto dos Invalides. A mãe do jovem estava lá. Foi terrível. Prendemos esse jovem na presença de sua mãe."

Um garçom veio à mesa deles, eles leem o menu. Eu como, não sei mais o que é. Rabier continua: "Foi terrível. Ela gritava, essa mulher. Nos explicava que seu filho era um bom menino, que ela, sua mãe, sabia disso, que tínhamos que acreditar nela. Mas você vê, ele, o menino, não dizia nada."

Um violinista chega ao restaurante. Tudo será mais fácil. Eu continuo:

– E o menino, ele não dizia nada?

– Nada. Foi extraordinário. Ele estava muito calmo. Tentou consolar sua mãe antes de nos seguir. Ah! Estava muito mais próximo de nós do que de sua mãe, foi extraordinário.

Eles chamam o violinista. Eu espero, não respondo a Rabier. Aqui está: é uma música que eu conheço, que cantávamos juntos quando nos encontrávamos. Tenho um ataque de riso, não consigo parar de rir de jeito nenhum. Rabier olha para mim sem entender.

– O que você tem?

– É o fim da guerra. É isso, o fim, o fim da Alemanha. É o prazer.

Ele sorri para mim ainda gentilmente e me diz isso, que é inesquecível. E adorável também, se você for um nazista:

– Eu entendo que você esteja esperando por isso. Veja, eu compreendo totalmente. Mas isso não é possível.

– A Alemanha perdeu, acabou.

Eu rio, não consigo parar. Eles também estão rindo, lá. O violinista está tendo o momento de sua vida. Rabier diz: "Você está alegre, de todo modo, isso me agrada."

Eu digo: "Você poderia ter deixado esse jovem em paz, no último dia antes do fim, o que te importava? Você o matou para provar para si mesmo que a guerra não tinha acabado, é isso?"

O que D. e eu já sabíamos era isso:

– Não é isso. A guerra não vai acabar para pessoas como eu. Continuarei a servir à Alemanha até a minha morte. Não vou deixar a França, se você quer saber.

– Você não poderá ficar na França.

Eu nunca falei assim antes. Em algum nível, confesso a ele quem sou. E ele não quer ouvir.

– A Alemanha não pode perder, no fundo você sabe. Em dois dias você vai ver a surpresa.

– Não. Acabou. Em dois ou três dias ou quatro dias, Paris será livre.

A senhora ao lado ouve tudo o que dizemos, apesar do violino. O medo me deixou. Provavelmente, o vinho. A senhora grita:

– Mas o que ela quer dizer?

– Nós prendemos o marido dela – diz Rabier.

– Ah, é isso…

– É isso, diz Rabier, ela é francesa.

Muitas dessas pessoas olham para meus amigos, esse casal que aparece de repente no lugar delas. Elas não parecem estar olhando para saber quem são. Eles sorriem, aliviados: a morte não está tão perto.

O violinista retoma a canção na frente dos dois amantes perdidos. Me dou conta de que somente eles e eu não temos medo. As canções tocadas pelo violonista são atuais. As canções da Ocupação alemã. Para eles, já dilacerantes. Perdidas. Já o passado. Pergunto a Rabier:

– As portas blindadas são eficazes?

– É caro – ele sorri novamente – mas é eficaz.

A senhora da Gestapo me olha, fascinada, ela quer saber algo sobre o fim. Venho de um país distante para ela, venho da França. Acho que ela gostaria de me perguntar se este é realmente o fim. Eu pergunto:

– O que você vai fazer?

– Pensei em uma pequena livraria, diz Rabier. Sempre fui apaixonado pela bibliofilia, talvez você pudesse me ajudar. Tento olhá-lo na cara, não consigo. Eu digo: "Quem sabe?"

De repente eu me lembro de algo que me foi dito sobre o medo. De que sob as rajadas de metralhadora nos damos conta da existência da pele do nosso corpo. Um sexto sentido que vem à tona. Estou bêbada. Estou perto de lhe dizer que vamos abatê-lo. Bastaria talvez só mais um copo de vinho. De repente, uma facilidade em viver me toma, como quando mergulhamos no mar no verão. Tudo se torna possível. Para não o enganar, a ele, o delator. Dizer isso a ele, que vão abatê-lo. Em uma rua do 6º *arrondissement*. Talvez seja apenas a perspectiva de ser repreendida por D. que me impede de informá-lo.

Deixamos o restaurante.

Nós dois em bicicletas. Ele à minha frente por alguns metros. Me lembro de como ele pedalava. Com calma. Um ciclista urbano de Paris. Em torno de seus tornozelos estão algemas de ferro, isso me faz rir. Sua pasta está no bagageiro, estrangulada por uma correia.

Levanto minha mão direita por um segundo e finjo que estou apontando para ele, *bang*!

Ele pedala ainda na eternidade. Não se vira. Eu rio. Aponto para a nuca. Vamos muito rápido. Suas costas se expandem, muito grandes, a três metros de mim. É tão grande que fica impossível errar, *bang*! Eu rio, pego de novo o guidão para não cair. Miro muito bem, o meio das costas parece mais seguro, *bang*! Ele para. Eu paro atrás dele. Em seguida, vou para seu lado. Ele está pálido. Ele treme. Finalmente. Ele diz muito baixo: "Venha comigo, eu tenho um amigo que tem um estúdio aqui perto. Poderíamos tomar algo juntos."

Era um grande cruzamento, o de Châteaudun, acho eu. Havia muita gente, estávamos afogados na multidão das calçadas. "Um minuto, implora Rabier, vamos um minuto."

Eu digo: "Não. Em outra ocasião."

Ele sabia que eu nunca aceitaria. Tinha pedido por pedir, como antes de dizer adeus. Ele estava em grande emoção, mas sem convicção real. O medo já o dominava em demasia. E digamos, o desespero.

Ele desiste abruptamente da partida. Ele entra em um túnel e se afasta com seu passo de funcionário.

Nunca mais me telefonou.

Às onze horas da noite, alguns dias depois, a Liberação de Paris chegou. Ele também deve ter ouvido o prodigioso barulho de todos os sinos das igrejas de Paris, e visto também toda a multidão do lado de fora. Essa felicidade inexprimível. E então talvez tenha ido se esconder na espelunca na rua des Renaudes. Sua esposa e seu filho já foram para as províncias, ele está sozinho. Sua esposa, convocada para o julgamento – insignificante e bela, diz uma testemunha –, disse que não sabia nada sobre suas atividades policiais.

Tentamos removê-lo do aparato judicial e matá-lo nós mesmos, para evitar que ele passasse pelas etapas habituais dos tribunais. Até o lugar estava acordado, *boulevard* Saint-Germain, não sei mais onde exatamente. Não o encontramos. Então informamos a polícia de sua existência. A polícia o encontrou. Estava no campo de Drancy, sozinho.

No julgamento, eu testemunhei duas vezes. Na segunda vez, eu tinha esquecido de falar da criança judia que foi poupada. Pedi para ser ouvida novamente. Disse que havia esquecido de dizer que ele havia salvado uma família judia, contei a história do desenho da criança judia. Também disse ter descoberto naquele meio-tempo que ele salvara, ademais, duas judias que passara para a zona livre. O promotor público gritou, ele me disse: "Você tem que saber o que você quer, você acabou com ele, agora você o defende. Não temos tempo a perder aqui." Eu respondi que queria dizer a verdade, para que ela fosse dita caso estes dois fatos pudessem ter evitado a pena de morte. O promotor público me pediu para sair, estava exasperado. A sala estava contra mim. Eu saí.

Soube no julgamento do Rabier que ele havia colocado suas economias na compra de edições originais. De Mallarmé, Gide, e também Lamartine, Chateaubriand, Giraudoux também, talvez: livros que ele nunca havia lido, que nunca leria, que ele talvez tivesse tentado ler sem ter conseguido. Essa informação sobre Rabier faz dele, a meu ver, tanto quanto seu trabalho, esse homem que conheci. Somado a seu ar de cavalheiro, à sua fé na Alemanha nazista, e também a suas bondades ocasionais, a suas distrações, a suas imprudências, a esse apego a mim também, talvez, através de quem ele vai morrer.

E depois Rabier me escapou completamente da cabeça. Eu o esqueci.

Ele deve ter sido fuzilado no inverno de 1944-45. Não sei onde aconteceu. Me disseram: no pátio da prisão de Fresnes, provavelmente, como de costume.

Com o verão, veio a derrota alemã. Ela foi total. Se espalhou por toda a Europa. O verão chegou com seus mortos, seus sobreviventes, com sua dor inconcebível reverberada dos campos de concentração alemães.

ALBERT DO CAPITALES

TER, O MILICIANO

Estes textos deveriam ter vindo após o diário de A dor, mas preferi mantê-los separados para que cessasse o barulho da guerra, seu tumulto.

Thérèse, sou eu. Aquela que tortura o delator, sou eu. Da mesma forma, aquela que quer fazer amor com Ter, o miliciano, sou eu. Apresento-lhes aquela que tortura com o resto dos textos. Aprendam a ler: são textos sagrados.

Albert do Capitales

Dois dias haviam se passado desde o primeiro jipe, desde a captura do *Kommandantur* na praça de l'Opéra. Era domingo.

Às cinco horas da tarde, o garçom de um bistrô perto do prédio onde o grupo de Richelieu se reunia tinha chegado correndo: "Tem um cara na minha casa que costumava trabalhar com a polícia alemã. Ele é de Noisy-le-Sec. Eu também sou de Noisy-le-Sec. Todos sabem disso lá. Vocês ainda conseguem alcançá-lo. Mas é preciso ir rápido."

D. tinha delegado três camaradas. A notícia estava se espalhando.

Durante anos ouvimos falar sobre isso, nos primeiros dias pensamos tê-lo visto em todos os lugares. Esse seria talvez o primeiro que veríamos com certeza. Finalmente, havia tempo para ter certeza. E para ver como era feito um delator. A curiosidade era intensa. Nós já estávamos mais curiosos sobre o que tínhamos vivido cegamente durante a Ocupação do que sobre o extraordinário que vivíamos há uma semana, desde a Liberação.

Os homens tinham invadido o salão, o bar, a entrada. Há dois dias eles não lutavam mais, não havia mais nada a fazer no grupo. Apenas dormir, comer, começar a discutir sobre armas, carros e garotas. Alguns partiam de carro pela manhã indo cada vez mais longe para procurar uma briga ainda possível, voltavam à noite.

Ele tinha chegado, cercado por três camaradas.

Eles o fizeram entrar no "bar". Isso era como chamavam uma espécie de vestiário com um balcão atrás do qual haviam distribuído mantimentos durante a revolta. Por uma hora, ele ficou de pé no meio do bar. D. examinava seus documentos. Os homens, por sua vez, o olhavam. Aproximavam-se. Olhavam-no intensamente. Insultavam-no. "Escroto. Lixo. Canalha."

Cinquenta anos. Ele pisca um pouco. Usa óculos. Usa um colarinho rígido, gravata. É gordo, baixo, mal barbeado. Seu cabelo é grisalho. Sorri o tempo todo, como se aquilo fosse uma piada.

Em seus bolsos, há um cartão de identidade, uma fotografia de uma mulher idosa, sua esposa, sua própria fotografia, oitocentos francos, um caderno de endereços em sua maioria incompletos, sobrenomes, primeiros nomes, números de telefone. D. percebe a frequência de uma indicação curiosa que adquire um significado cada vez mais familiar à medida que ele avança na leitura da agenda. Ele mostra para Thérèse. No início, encontramos, em intervalos, a indicação completa: ALBERT DO CAPITALES. Logo, ALBERT ou CAPITALES, sozinhos. No fim do caderno, em cada página, apenas: CAP ou AL.

– O que isso significa, Albert do Capitales? – pergunta D.

O delator olha para D. Ele parece buscar. Parece ser uma pessoa de boa-fé que está sinceramente aborrecida por não encontrar, que gostaria de encontrar, que busca com toda a sua boa-fé.

– Albert do quê? – pergunta o delator.

– Albert do Capitales.

– Albert do Capitales?

– Sim, Albert do Capitales – diz D.

D. colocou a agenda no balcão. Ele se aproxima do delator com as mãos vazias. Ele o fita, calmo. Thérèse pega o diário, folheia-o rapidamente. Em onze de agosto, pela última vez: AL.

Hoje é vinte e sete. Ela deixa o caderno e, por sua vez, olha fixamente para o delator. Os camaradas se calaram. D. está em frente ao delator.

– Você não se lembra? – pergunta D.

Ele se aproxima um pouco mais do delator.

O delator recua. Seus olhos embaçam.

– Ah! sim, diz o delator, que estupidez a minha! É Albert, o garoto do Capitales, um café perto da estação de l'Est... Eu moro em Noisy-le-Sec, então, é claro, às vezes vou tomar um drinque no Capitales quando desço do trem...

D. volta para o balcão. Ele envia um cara para ir buscar o garçom do bistrô ao lado. O cara volta. O garçom já foi para casa. Todo bistrô está sabendo. Mas ele não contou nada de específico.

– Como é esse Albert? – pergunta D. ao delator.

– Ele é um menino loiro. Muito gentil – diz o delator, sorrindo, conciliador.

D. se volta para seus camaradas, que estão de pé na entrada do bar.

– Peguem o 302, saiam daqui agora – diz D.

O delator olha para D. Ele deixa de sorrir. De início, ele parece atordoado, depois se recompõe.

– Não, senhor, o senhor está enganado... O senhor está enganado, senhor...

Atrás se escuta: "Canalha. Escroto. Você não vai rir por muito tempo. Canalha. Já vamos dar um jeito em você. Seu lixo."

D. continua a vasculhar. Um maço metade vazio de Gauloises, um pedaço de lápis, uma caneta-tinteiro nova. Uma chave.

Três homens partiram. Ouvimos o arranque do 302.

– Você está enganado, senhor...

D. vasculha. O delator sua. Ele parece querer se dirigir apenas a D., provavelmente porque D. parece educado, ele não o insulta. Ele se expressa corretamente, com preparo. É visível. Ele tenta colocar-se ao lado de D., para se distinguir dos outros camaradas por suas maneiras, busca vagamente uma cumplicidade, identifica um possível irmão de classe.

– Há um erro sobre a pessoa. Não estou rindo, senhor, acredite, não tenho vontade de rir.

Não sobrou nada em seus bolsos. Tudo o que encontramos está no balcão.

– Ponha-o na sala ao lado da contabilidade – diz D.

Dois camaradas se aproximam do delator. O delator implora a D., com o olhar: "Senhor, eu te asseguro, eu te imploro..."

D. senta-se novamente, pega o caderno e olha para ele.

– Vamos, mexa-se – diz um camarada –, e não banque o esperto...

O delator sai com os dois camaradas. Um dos camaradas assobia uma melodia alegre e animada na parte de trás do bar. A maioria deles deixa o bar e se reagrupa na entrada para esperar o 302. D. fica sozinho no bar com Thérèse.

De tempos em tempos, um disparo de metralhadora explode ao longe. Pegamos o hábito de localizar: vem da Biblioteca Nacional, da esquina do *boulevard* des Italiens. Os camaradas falam sobre os delatores e do destino que os espera. Quando o som de um carro se torna nítido, eles se calam e saem. Não, não é o 302. Um deles assobia, sempre o mesmo, sempre a mesma melodia animada, feliz.

Do *boulevard* des Italiens chega um barulho surdo, um estardalhaço contínuo de motores, festejos, canções, gritos de mulheres, gritos de homens, tudo está misturado, fundido, espesso. Por dois dias e duas noites, tudo flui como mel.

– O importante – diz Thérèse para D. – é saber se esse cara é realmente um delator. Vamos perder tempo com Albert do

Capitales, depois os naftalinas vão aparecer e depois nós vamos estar fodidos porque não o farão confessar nada, vão soltá-lo. Ou então vão dizer que ele pode ser útil.

D. diz que temos que ser pacientes.

Thérèse diz que não se deve ser mais paciente, que já se foi o suficiente.

D. diz que nunca se deve ser impaciente, que mais do que nunca se deve ser paciente.

D. disse que começando com Albert do Capitales, seríamos capazes de capturar a corrente, elo por elo. Ele diz que o delator não é grande coisa, um pobre rapaz, pago por peça, por cabeça. Que os que precisávamos pegar eram os responsáveis que nos escritórios assinavam a ordem de execução de centenas de judeus, de combatentes da Resistência. E isso, a uma taxa de cinquenta mil francos por mês. Esses eram os que tínhamos que pegar, segundo D.

Thérèse ouve vagamente. Ela verifica as horas.

Há oito dias, uma noite, Roger, o outro líder do grupo, tinha voltado ao refeitório e anunciado que haviam feito sete prisioneiros alemães. Ele tinha contado como. Disse que eles os acomodaram sobre palha fresca e que os fizeram distribuir cerveja. Thérèse havia deixado a mesa insultando Roger. Ela afirmava que desejaria que matássemos os prisioneiros alemães. Roger tinha rido. Todos tinham rido. Todos concordavam com Roger: os prisioneiros alemães não deviam ser maltratados, eram soldados que tinham sido pegos em combate. Thérèse tinha saído do refeitório. Todos tinham rido, mas desde então ela foi mantida à margem. Exceto por D.

Desde a outra noite, é a primeira vez que ela está com D. D. por uma vez não faz nada. Ele espera pelo 302. Olha para a porta da frente, esperando por Albert do Capitales. Thérèse está sentada em frente a ele.

– Você acha que eu estava errada na outra noite? – pergunta Thérèse.

– Quando?

– Sobre os prisioneiros alemães.

– É claro que você estava errada. Os outros também, por se aborrecerem com você.

D. estende seu maço de cigarros à Thérèse.

– Toma...

Eles acendem seus cigarros.

– Você quer interrogá-lo? – pergunta D.

– Como você preferir. Tanto faz – diz Thérèse.

– Tá bom – diz D.

O carro. Os três camaradas descem, sozinhos. D. sai.

– E então?

– Eles deram o fora por quinze dias. De férias, dizem...

– Merda!

D. entra no refeitório do primeiro andar. Thérèse o segue. Os homens terminam de jantar. Thérèse não jantou, nem D.

– Seria preciso cuidar desse cara – diz D.

Os homens param e olham para Thérèse e D. É Thérèse quem vai interrogar o delator, é dado como certo. Nada a dizer.

Thérèse está atrás de D. um pouco pálida. Tem um olhar agressivo, está sozinha. Desde a Liberação é mais óbvio. Nunca a viram nos braços de ninguém desde que está no centro. Durante a insurreição, ela trabalhou sem medida, não sem gentileza mas sem ternura. Estava distraída, sozinha. Espera por um homem que pode ter sido fuzilado. Naquela noite é particularmente perceptível.

Dez dos camaradas se levantam e vão em direção a D. e Thérèse. Todos têm bons motivos para cuidarem do delator, mesmo aqueles que mais riram na outra noite. D. escolhe dois que passaram por Montluc[*] e que apanharam. Nada a dizer. Ninguém protesta, mas ninguém volta a se sentar. Eles esperam. – Vou comer alguma coisa – diz D. – e vou já com você. Você entendeu, Thérèse? Acima de tudo, o endereço de Albert do Capitales, ou daqueles que ele encontrava com mais frequência. Você tem que achar o caminho certo.

Thérèse e os dois de Montluc, Albert e Lucien, deixam o refeitório. Os outros os seguem mecanicamente, nenhum conseguiu decidir por voltar a se sentar. Só há eletricidade em uma parte do edifício, alimentada pelos motores da gráfica. É muito longe, e provavelmente está ocupado. É preciso ir até o bar para conseguir uma lamparina. Thérèse desce com os dois de Montluc. Os outros descem também, em grupo, sempre um pouco atrás. Depois de pegar a lamparina, eles sobem a escadaria secundária que leva à área de contabilidade e até um corredor vazio. É ali. Um dos camaradas de Montluc abre com a chave entregue por D. Thérèse entra primeiro. Os dois de Montluc entram em seguida e fecham a porta. Os outros ficaram no corredor. Por enquanto, não tentam entrar.

Sentado em uma cadeira ao lado da mesa, o delator. Ele devia estar com a cabeça entre os braços quando ouviu o barulho na fechadura. Agora ele se endireitou. Se volta para olhar para as pessoas que entram. Pisca os olhos, cegado pelo brilho da lamparina. Lucien a coloca no meio da mesa, apontando para ele, o homem.

A sala está quase vazia, mobiliada apenas com duas cadeiras e uma mesa. Thérèse pega a segunda cadeira e se senta do

---

[*] Montluc foi prisão localizada em Lyon e utilizada pela Gestapo durante a Segunda Guerra.

outro lado da mesa, atrás da lamparina. O delator permanece sentado na luz. Os camaradas atrás dele, o enquadram, de pé na penumbra.

– Dispa-se, e rápido – diz Albert –, não temos tempo a perder com você.

Albert ainda é muito jovem para não bancar um pouco o durão.

O delator se levanta. Parece com alguém que está acordando. Ele tira o casaco. Seu rosto está pálido, ele é muito míope, mal consegue ver apesar de seus óculos. Seus gestos são muito lentos. Thérèse pensa que o camarada mente. Ao contrário do que ele diz, eles têm todo o tempo do mundo.

Ele coloca o casaco sobre a cadeira. Os camaradas ainda estão esperando de ambos os lados dele. Eles se calam, o delator também, Thérèse também. Atrás da porta fechada, cochichos. Ele leva tempo para colocar seu casaco na cadeira, o faz com cuidado. Lentamente, ele obedece. É impossível que faça outra coisa.

Thérèse se pergunta se vale a pena fazê-lo se despir. Agora que ele está ali, não é mais tão urgente. Nada, ela não sente mais nada, nem ódio nem impaciência. Nada. A questão é que é longo. O tempo está morto enquanto ele se despe.

Ela não sabe por que ela não vai embora. A ideia de ir embora vem e ela não vai. No entanto, agora é inevitável. Você teria que voltar um longo caminho para saber por que, por que ela, Thérèse, vai se encarregar do delator. D. concedeu isso a ela. Ela aceitou. Ela o tem. Esse homem raro, ela não tem mais vontade desse homem raro. Tem vontade de dormir. Ela diz para si mesma: "Eu durmo." Ele tira a calça e a coloca sobre o casaco, com o mesmo cuidado. Suas calças são amarrotadas, cinzas. "É preciso estar em alguma parte fazendo alguma coisa", se diz Thérèse. Agora é aqui que eu estou, num quarto escuro, trancado com Albert e Lucien, os dois de Montluc, e esse delator de judeus e de membros da Resistência. Estou no cinema. Ela está lá. Uma vez, ela estava no cais do Sena, eram duas horas da tarde em um dia de verão e a beijaram e lhe disseram que a amavam. Ela estava lá, ela ainda sabe disso. Tudo tem um nome: era o dia em que ela decidiu viver com um homem. Hoje, o que é? O que será? Em breve ela estará na rua Réaumur, no jornal, fazendo seu trabalho. As pessoas acreditam que essas são coisas extraordinárias. É como todo o resto. Como todo o resto, acontece com você. Então aconteceu com você. Pode acontecer com qualquer um.

Apoiada na mesa, Thérèse olha. Ele tira os sapatos. Os camaradas olham. O mais velho é Lucien, tem vinte e cinco anos. É mecânico em Levallois. Não gostam muito dele no centro. Ele é bom de briga, mas quando ele contava, ele se gabava. Um falador. O outro é Albert, é auxiliar em uma gráfica, tem dezoito anos, da Assistência, um dos mais corajosos durante a luta. Rouba todas as armas que encontra. Roubou o revólver de D. Ele é pequeno, baixo. Um garoto que comeu mal, que trabalhou muito jovem, catorze anos em quarenta. D. não o censura por ter roubado seu revólver, diz que é normal, que é melhor deixar as armas para esses assim. Thérèse olha para Albert. No fundo, ele é um cara estranho, Albert. Com os alemães era o mais terrível, não dizia tudo o que fazia com eles. Um dia da semana passada ateou fogo num tanque alemão com uma garrafa de gasolina no jardim do Palais Royal. A garrafa quebrou no crânio do alemão, que foi queimado vivo. As meias do delator têm buracos, por onde sai um dedão do pé com uma unha preta. Usa meias de alguém que não voltou para casa por vários dias e que caminhou. Ele deve ter andado por aí apavorado, durante dias depois voltado ao bistrô, é fatal, voltar ao bistrô onde o conhecem. E depois disso chegamos. Ele foi "pego".

Eles o obrigaram a tirar até as meias, assim como provavelmente os fizeram tirar as deles em Montluc. É um pouco estúpido, pensou Thérèse, eles são um pouco estúpidos, os colegas. Estúpidos, mas não falaram em Montluc, nem uma palavra. D. descobriu por outros camaradas, por isso ele os designou esta noite. Faz dez dias, mais do que isso, dez dias e noites que Thérèse vive com eles, que lhes dá vinho, cigarros, garrafas de gasolina. Algumas vezes, eles conversaram uns com os outros em seu cansaço, sobre os combates, sobre os alemães nos tanques, sobre suas famílias, seus amigos. Quando eles não voltavam, esperávamos por eles, não dormíamos. Na última segunda-feira, tínhamos esperado por Albert a noite toda.

O delator tira suas meias, ainda nas meias, que colam em seus pés. É longo.

– Mais rápido – disse finalmente Albert.

Até agora Thérèse não havia notado a voz um pouco fina, seca, de Albert. Ela se pergunta por que esperou tanto tempo por ele na outra noite. Durante a luta, todos esperaram por todos da mesma maneira. Nos restringíamos de ter uma preferência. Agora vamos recomeçar. Vamos recomeçar, vamos preferir.

Eis que ele tira a gravata. É isso mesmo, a gravata. Só há um jeito de tirar. Se estica o pescoço para o lado, se puxa um pedaço para fora sem desfazer o nó. O delator tira sua gravata como os outros.

O delator tem uma gravata. Ele ainda a tinha há três meses. Há uma hora. Uma gravata. E cigarros. E um aperitivo por volta das cinco da tarde. Há diferenças entre os homens. Thérèse olha para o delator. É raro que elas sejam tão aparentes como são esta noite, uma vertigem. Aquele ali pegava a rua des Saussaies, subia uma escada, batia numa certa porta, e então dizia que tinha a descrição: alto, cabelo escuro, vinte e seis anos, o endereço, os horários.

ENTREGAVAM A ELE UM ENVELOPE. ELE DIZIA: "OBRIGADO, SE-
NHOR" E DEPOIS IA TOMAR UM APERITIVO NO CAFÉ CAPITALES.
Thérèse diz: "Te disseram para andar mais rápido."
O delator levanta a cabeça. Então, com um atraso, em uma
pequena voz que gostaria que soasse infantil:
"Estou me apressando o máximo que posso, acredite... Mas
por que..."
Ele se interrompe. Entrava na rua des Saussaies. Sem esperar,
nunca. O avesso de seu colarinho está sujo. Ele nunca esperou, nunca. Ou então o faziam sentar-se como se estivesse na casa de amigos. Sua camisa está suja sob seu colarinho branco. Um delator. Os
dois rapazes arrancam suas calças; ele tropeça e cai no canto da sala
como um grande pacote, com um barulho surdo.
Roger mal fala com ele desde que brigaram a propósito
dos prisioneiros alemães. Existem outros. Não se trata apenas
de Roger.
Ao longe, os últimos dos atiradores dos telhados. Acabou.
A guerra saiu de Paris. Por toda parte, sob os portões, nas ruas,
nos quartos de hotel, cheios, a alegria. Por toda parte, mocinhas
como ela com seus soldados que desembarcaram. Por toda parte,
muitos outros para quem tudo acabou, a tristeza ociosa. Mas para
ela ainda não acabou. Nem a alegria nem a doce tristeza do fim
são possíveis. Para ela, seu papel consiste em estar ali, sozinha com
aquele delator e os dois de Montluc, trancada com eles nesta sala.
Agora ele está nu. É a primeira vez em sua vida que está com
um homem nu sem que seja por amor. Ele está de pé, encostado à
cadeira, os olhos baixos. Ele espera. Há outros que concordariam,
primeiro há esses dois, estes dois camaradas, depois outros, com
certeza, outros que esperaram e que ainda não receberam nada e
que ainda esperam e que perderam o uso da liberdade porque ainda
estão esperando.

Agora suas coisas estão sobre a cadeira. Está tremendo. Está tremendo. Está com medo. Com medo de nós. De nós, que tínhamos medo. Estava com muito medo desses que tiveram medo. Agora está nu.

– Seus óculos! – diz Albert.

Ele os tira e os coloca sobre suas coisas. Tem testículos velhos e murchos, na altura da mesa. É gordo e rosado no brilho da lamparina. Tem um odor, o de pele mal lavada. Os dois rapazes estão esperando.

– Eram trezentos francos por um prisioneiro de guerra, certo?

O delator choraminga pela primeira vez.

– E para um judeu, quanto?

– Estou dizendo que vocês estão enganados...

– O que nós queremos – diz Thérèse – é que você nos diga primeiro onde está o Albert do Capitales, e então o que você fazia com ele, quem você via com ele.

Ele choraminga sem lágrimas.

– Estou dizendo a vocês que não o conhecia mais do que isso.

A porta da sala se abre. Todos os outros entram em silêncio. As mulheres se colocam à frente. Os homens por trás. Parece que Thérèse se envergonha um pouco em ser pega em flagrante olhando para o velho nu. No entanto, ela não pode pedir a eles que saiam; não há razão para isso; eles poderiam muito bem estar em seu lugar. Ela se mantém atrás da lamparina. Vemos seus cabelos curtos e pretos, metade de sua testa branca. Se sentou novamente.

– Continue – disse Thérèse –, ele deve primeiro nos dizer como podemos encontrar o outro, Albert do Capitales.

Sua voz era incerta, um pouco trêmula.

O primeiro golpe é dado por um dos quatro braços. Tem uma enorme ressonância. O segundo golpe. O delator tenta se proteger.

Ele grita: "Ai! Ai! Vocês estão me machucando!" Atrás, alguém ri e diz: "E olha que não é por acidente..."

Nós o vemos claramente, à luz da lamparina. Os rapazes batem forte. Golpeiam o peito, a socos, lentamente, com força. Enquanto eles estão batendo, atrás deles há silêncio. Eles param de bater e olham de novo para Thérèse.

– Você entende melhor agora?... É só o começo – diz Lucien.

Ele esfrega seu peito e geme suavemente.

– Depois você terá que nos dizer como você entrava na Gestapo.

Ela está com a voz falhada, mas firme. Agora começou, está bem encaminhado, os rapazes bateram bem. É sério, é real: estão torturando um homem. Podem discordar, mas não podem nem zombar, nem duvidar, e nem se incomodar.

– E então?

– Bem... como todo mundo – diz o delator.

O grupo tenso atrás dele solta um "Ah..."

Ele choraminga: "Bem... vocês não sabem..." Se cala. Esfrega o peito com as mãos abertas. Diz: "Como todo mundo."

Ele disse: "Como todo mundo", acha que eles não sabem. Ele não disse que não entrava lá. Atrás de nós escutamos os do fundo murmurando: "Ele entrava. Ele disse que entrava." NA GESTAPO. RUA DES SAUSSAIES. Em seu peito estão aparecendo grandes manchas roxas.

– Você diz como todo mundo? Todo mundo entrava na Gestapo?

Atrás: "Desgraçado, desgraçado, desgraçado." Funciona. Ele está com medo. Ele se endireita e tenta ver de onde aquilo está vindo. Há muita gente, ele não consegue mirar ninguém. Ele também deve pensar que está no cinema. Hesita, depois se recompõe.

– Você tinha que mostrar seu cartão de identidade, deixava ele lá embaixo, depois pegava novamente ao descer...

Atrás, recomeça: "Canalha, desgraçado, lixo."

– Eu ia lá para negócios do mercado clandestino, não achava que estava fazendo nada de mal. Sempre fui um bom patriota, como vocês. Eu vendia mixarias. Agora... talvez eu estivesse errado, não sei...

Seu tom ainda é chorão, infantil. O sangue começa a pingar. A pele de seu peito se feriu. Ele não parece se importar. Está com medo.

Quando ele falou do mercado clandestino, ao fundo, havia um novo rumor: "Bastardo, porco, canalha." Roger entrou. Está atrás amontoado. Thérèse reconheceu sua voz. Ele também disse: "Desgraçado."

– Vão em frente – disse Thérèse.

Eles não batem de qualquer maneira. Talvez não soubessem interrogar, mas sabem como bater. Batem de forma inteligente. Desaceleram quando pensam que o outro vai dizer alguma coisa. Recomeçam justamente quando sentem que ele vai se recuperar.

– De que cor era o cartão de identidade com que você entrava na Gestapo?

Os dois rapazes sorriem. Quem está atrás também. Mesmo aqueles que não conhecem a cor acham que é uma pergunta astuciosa. Eles bateram com força. Seu olho está mal, o sangue escorre pelo rosto. Ele chora. Um muco ensanguentado escorre do seu nariz. Ele choraminga: "Ai, ai, ai, ui, ui", sem parar. Não responde mais. A pele do peito se rompeu na altura das costelas. Ele continua se esfregando com as mãos e se manchando de sangue. Com seu olhar vidrado de velho míope, olha para a lamparina sem vê-la. Aconteceu muito rápido. Está feito: que ele morra ou que se safe, isso não depende mais de Thérèse. Isso não tem mais nenhuma importância. Ele se tornou um homem que não tem mais nada em comum com os outros homens. A cada minuto a diferença aumenta, se instala.

– Nós te perguntamos a cor do cartão de identidade.

Albert chega bem perto de seu nariz. Escutamos: "Talvez já seja suficiente..."

É a voz de uma mulher que vem da sombra.

Os dois rapazes param. Se viram e procuram a mulher. Thérèse também se virou.

– Suficiente? – diz Lucien.

– Um delator? – diz Albert.

– Isso não é motivo – diz a mulher, sua voz insegura.

Recomeça.

– Pela última vez – diz Thérèse –, nós te perguntamos a cor do cartão de identidade que você mostrava na rua des Saussaies.

Atrás: "Vai começar de novo... Vou embora." Outra mulher.

– Eu também...

Outra mulher. Thérèse se vira: "As pessoas que estão com repulsa não precisam ficar."

Escutamos as mulheres protestarem vagamente, mas elas não saem.

– Basta!

É um homem na parte de trás.

Elas param de sussurrar. Tudo o que se pode ver de Thérèse é sua testa branca, às vezes, quando ela se inclina, seus olhos.

Agora não é mais a mesma coisa. O bloco de camaradas se dividiu. Algo definitivo está acontecendo. Novamente. Em concordância com alguns, em desacordo com outros. Alguns acompanham ainda mais de perto. Outros se tornam estranhos. Não há tempo de distinguir: as mulheres estão com o delator, o delator está com todos aqueles que discordam. A vontade de bater cresce com o número de inimigos, os estranhos.

– Anda logo, a cor!

Os dois rapazes começam a bater novamente. Batem nos lugares já golpeados. O delator grita. Quando eles batem, seu gemido é estrangulado e se torna uma espécie de ronco obsceno. Um barulho que faz você querer bater mais forte, para que aquilo pare. Ele tenta desviar dos golpes, mas não consegue vê-los chegar. Recebe todos.

– Bem... como todos os cartões de identidade...

– Continue.

Eles batem com cada vez mais força. Não importa. São incansáveis. Batem cada vez melhor, com mais calma. Quanto mais eles batem, mais ele sangra, mais fica claro que eles devem bater, que é verdade, que está certo. As imagens surgem sob os golpes. Thérèse está transparente, encantada pelas imagens. Um homem contra a parede cai. Cai outro. Mais outro. Caem indefinidamente. Os quinhentos francos serviam para comprar pequenas coisinhas para ele próprio. Ele certamente não era nem mesmo anticomunista, nem mesmo um colaboracionista, nem mesmo um antissemita. Não, ele simplesmente "delatava" sem saber, sem sofrer, talvez simplesmente para pagar seus pequenos luxos de solitário, para completar a verba mensal, sem nenhuma necessidade real. Ele ainda mente. Ele deve saber, saber o que não quer dizer, saber apenas isso. Se ele confessasse, se parasse de se defender, a diferença entre ele e os outros seria menos radical. Mas ele aguenta o máximo que pode.

– Vão em frente.

E eles vão. É como uma máquina que funciona bem. Mas de onde ela vem nos homens essa capacidade de bater, de se acostumar, de fazer como um trabalho, um dever?

– Eu suplico a vocês! Eu suplico! Não sou um canalha! –
grita o delator.

Ele tem medo de morrer. Não o bastante. Continua mentindo. Ele quer viver. Até os piolhos se agarram à vida. Thérèse se levanta. Está angustiada, teme que nunca seja o suficiente. O que poderíamos fazer com ele? O que poderíamos inventar? Contra a parede, o homem que cai também não falou, que outro silêncio, e contra a parede por um segundo, sua vida, reduzida a esse silêncio esmagador. Contra a parede esse silêncio – é preciso que esse aqui fale –, esse delator, aqui. Meu Deus, isso nunca será suficiente. Há todos aqueles que não se importam, as mulheres que acabam de sair e todos os emboscados que agora ironizam: "Vocês nos fazem rir com sua insurreição, sua purificação." É preciso bater. Nunca haverá justiça no mundo se nesses tempos não formos nós mesmos a justiça. A comédia. Os juízes. As salas com lambris. Não a justiça. Eles cantaram a "Internationale" nos camburões que passavam pelas ruas e os burgueses olhavam das suas janelas e diziam: "Esses são terroristas." É preciso bater, esmagar. Fazer voar pelos ares a mentira. Esse silêncio desprezível. Inundar de luz. Extrair a verdade que esse desgraçado aqui tem na garganta. A verdade, a justiça. Para quê? Para matá-lo? De que isso serve? Não é por ele. Não tem a ver com ele. É para descobrir. Bater nele até que ele ejacule sua verdade, seu pudor, seu medo, o segredo daquilo que ontem o fazia todo poderoso, inalcançável, intocável.

Cada soco ressoa na sala silenciosa. São golpes em todos os desgraçados, nas mulheres que partiram, em todos os que estão enojados atrás das persianas. O delator grita: "Uh, uh", em grandes lamentos. Atrás do homem, nas sombras, o silêncio se mantém enquanto caem os golpes. É quando escutam sua voz protestar que os insultos aumentam, ditos por entre os dentes cerrados, punhos cerrados. Sem frases. Sempre os mesmos insultos quando a voz do delator testemunha que ele ainda resiste. Pois, da potência do delator, resta isso, essa voz para mentir. Ele ainda mente. Ele ainda tem força. Ele ainda não chegou a um ponto em que não possa mais mentir. Thérèse observa os punhos que golpeiam, ouve o gongo dos golpes, sente pela primeira vez que no corpo de um homem há espessuras quase impossíveis de atravessar. Camadas e camadas de verdades profundas, difíceis de alcançar. Ela se lembra que tinha percebido vagamente isso durante os interrogatórios incansáveis da dupla. Mas menos intenso. Agora é extenuante. É quase impossível. Trabalho de demolição. Vez por vez. É preciso aguentar, aguentar. E logo a verdade sairá, sairá tão pequena, tão dura quanto um grão. O trabalho é feito em profundidade, nesse peito solitário. Eles dão um soco no estômago. O delator berra e agarra seu estômago com as duas mãos, se contorce. Albert bate mais de perto, acerta um golpe nas partes. Ele cobre seu sexo com as duas mãos e berra de novo. Seu rosto está sangrando muito. Já não era mais um homem como os outros. Era um delator de homens. Ele nem se preocupava em saber o motivo pelo qual era interrogado. Mesmo aqueles que o pagavam não eram seus amigos. Mas agora não se pode compará-lo a nada vivo. Mesmo morto, ele não vai parecer um homem morto. Será um entulho na sala. Talvez isso seja uma perda de tempo. Deveríamos pôr um fim nisso. Não vale a pena matá-lo. Também não vale a pena deixá-lo viver. Ele não tem mais nenhuma utilidade. Está totalmente inutilizável. Precisamente porque não vale a pena matá-lo, podemos partir. Justamente porque não vale a pena matá-lo, podemos ir embora.

– Basta.

Thérèse se levanta e caminha em direção ao delator, sua voz soa um pouco frágil depois do gongo surdo dos punhos.

Aquilo tem que terminar. Os homens do fundo a deixam fazer isso. Eles confiam nela, não lhe dão nenhum conselho. "Canalha, canalha." A ladainha fraternal de insultos a enche de calor. Silêncio no fundo. Os dois camaradas olham para Thérèse, atentos. Esperam.

– Uma última vez – diz Thérèse –, gostaríamos de saber a cor do cartão, uma última vez.

O delator olha para ela. Ela está muito próxima a ele. Ele não é alto. Ela está mais ou menos na altura dele. É magra, jovem. Ela disse: "Uma última vez." Ele para de gemer, objetivo.

– O que você quer que eu diga?

Ela é pequena. Ela não quer nada. Está calma, e sente uma raiva calma ditando que ela grite calmamente as palavras da necessidade, poderosas como um elemento. Ela é a justiça que não existe nesse solo há cento e cinquenta anos.

– Queremos que você nos diga a cor do cartão que te permitia entrar na Gestapo.

Ele chora novamente. Um cheiro estranho surge de seu corpo, repugnante e adocicado, cheiro de pele gordurosa mal lavada misturado com sangue.

– Não sei, não sei, estou dizendo que sou inocente...

Os insultos recomeçam: "Bastardo, canalha, lixo." Thérèse volta a se sentar. Um momento de pausa. Os insultos continuam. Thérèse se cala. Pela primeira vez, alguém no fundo diz: "Só resta liquidá-lo, vamos acabar com isso."

O delator levanta a cabeça. Silêncio. O delator está com medo. Também se cala. Abre a boca. Olha para eles. Então um lamento agudo, infantil, sai da sua garganta.

– Se eu soubesse ao menos o que você quer de mim... – diz o delator com uma voz que ele queria que fosse pura súplica e que ainda assim é astuciosa.

Os dois rapazes suam. Com seus punhos ensanguentados, eles limpam a testa. Olham para Thérèse.

– Ainda não é o suficiente – diz Thérèse.

Os dois se voltam para o delator, com os punhos à frente. Thérèse se levanta e grita: "Não parem mais. Ele vai falar."

Uma avalanche de golpes. É o fim. Em segundo plano, de novo o silêncio. Thérèse grita: "Seu cartão era vermelho, talvez?"

O sangue escorre. Ele berra com todas as suas forças.

– Vermelho? Diga, vermelho?

Ele abre um olho. Para de gritar. Vai entender que desta vez é o fim.

– Vermelho?

Os dois rapazes o tiram do canto onde ele continua se esquivando. Eles o tiram dali e o jogam de volta como fariam com uma bola.

– Vermelho?

Ele não responde. Parece que ele está tentando pensar na resposta.

– Vamos lá, pessoal, mais forte, vermelho, rápido, vermelho?

Eles o atingiram no nariz, um jato de sangue saiu. Grito do delator:

– Não...

Os rapazes riem. Thérèse também ri.

– Amarelo? Como o nosso, amarelo?

Agora ele tenta se proteger no canto. A cada vez, os dois rapazes o tiram e ele volta batendo no canto com os rins, com um baque surdo.

– Amarelo?

Thérèse se levanta.

– Não... amarelo... não...

Os homens continuam. Ele sufoca. Grita novamente. Seus gritos são entrecortados pelos golpes. Agora o ritmo das perguntas e dos golpes é o mesmo, vertiginoso, mas igual. Ele ainda não fala. Parece que não está pensando mais em nada. Seus olhos ensanguentados estão bem abertos e ainda fixos na lamparina.

– Se não era amarelo, ele era... o quê?

Ele ainda está em silêncio. No entanto, ele escutou, ele olha para Thérèse. Ele para de gritar. Suas duas mãos se apoiam sobre sua barriga, está dobrado em dois. Não tenta mais evitar.

– Rápido – diz Thérèse –, de que cor? Rápido...

Ele recomeça a gritar. Seus gritos são mais baixos, mais abafados. Estamos caminhando para o fim, mas não sabemos qual. Talvez ele não fale mais, mas em todo caso estamos chegando ao fim.

– Ela era, ela era, rápido...

Como se fala com uma criança.

Eles o lançam como uma bola e dão socos, dão pontapés. Estão encharcados.

– Já chega.

Thérèse caminha em direção ao delator, recolhido. O delator a vê. Ele recua. Silêncio novamente. Ele já nem sofre mais. É só medo.

– Se você falar, nós te deixaremos em paz; se você não falar, te mataremos agora mesmo. Vá em frente.

O delator talvez não saiba mais o que queremos dele. No entanto, ele vai falar. Temos essa impressão. Precisamos lembrá-lo do que se trata. Ele tenta levantar a cabeça como um homem se afogando tenta respirar. Ele vai falar. Certeza. Aí está. Não. São os golpes que o impedem de falar. Mas se os golpes param, ele não vai falar. Todos estão entregues a esse parto, não apenas

Thérèse. O fim chegará rapidamente agora. De qualquer forma. Ele ainda não fala. Thérèse grita.

– Eu vou te dizer, vou te dizer a cor do seu cartão.

Ela o ajuda. Ela realmente tem a impressão de que tem que ajudá-lo, que ele não vai conseguir sozinho. Ela repete: "Eu vou te dizer." O delator começa a berrar. Um gemido contínuo, como uma sirene. Não lhe dão tempo para falar. E o lamento se interrompe: "Verde...", grita o delator.

Silêncio. Os rapazes param. O delator olha para a lamparina. Ele não geme mais. Parece completamente perdido. Ele caiu no chão. Ele conseguiu falar. Talvez esteja se perguntando como ele falou. Silêncio atrás. Thérèse se senta. Acabou.

– Sim – diz Thérèse –, era verde.

Como que para constatar algo que se sabe há séculos. Acabou. D. se aproxima de Thérèse. Ele lhe oferece um cigarro. Ela fuma. O delator ainda está em seu canto, petrificado.

– Vista-se – diz Thérèse.

Mas ele não faz nada. Os dois rapazes também fumam um cigarro. D. oferece um cigarro ao delator. Ele não o vê.

– Os cartões dos agentes S.D.* da Polícia Secreta Alemã eram verdes – diz Thérèse.

Ao fundo, os camaradas se movem. Alguns deles saem.

– E o Albert do Capitales – diz alguém ao fundo.

Thérèse olha para D. É verdade. Falta Albert do Capitales.

– Veremos – diz D. – Veremos amanhã.

---

* S.D. (*Sicherheitsdienst*) é o Serviço de Inteligência do Partido Nazista.

Ele parece não se interessar mais por aquilo. Pega a mão de Thérèse, a ajuda a se levantar. Eles saem. Albert e Lucien se encarregam de vestir o delator.

No bar, há uma grande luz de outro mundo. É eletricidade. Todas as mulheres estão lá, cinco delas e os dois homens que partiram com elas.

— Ele confessou — diz Thérèse.

Ninguém responde. Thérèse entende. Eles não se importam que ele tenha confessado. Ela se senta e olha para eles. É curioso. Eles estão aqui faz meia hora. O que eles estavam fazendo naquele bar? O que estavam esperando? Eles vieram se refugiar na luz.

— Ele confessou — repete Thérèse.

Nenhum dos cinco olha para ela. Uma mulher se levanta e continua sem olhar para ela: "O que você quer que façamos com isso?", diz ela com desinteresse. "É tão asqueroso..."

D., que estava ao lado de Thérèse, se dirige à mulher: "Você vai deixá-la em paz, sim?"

Roger e D. abraçam Thérèse. As mulheres se calam. Elas saem. Os dois homens que estavam com elas saem também, assobiando.

— E você vai dormir — diz D.

— Sim.

Thérèse pega um copo de vinho. Toma um gole.

Ela sente o olhar de D. sobre ela. O vinho é amargo. Ela deixa o copo.

— Temos que deixá-lo ir — diz Thérèse. — Ele pode andar.

Roger não tem certeza se devemos deixá-lo ir.

— Que não o vejamos mais — diz Thérèse.

— Uma presa como essa — diz Roger —, eles não vão deixar passar.

– Eu explicarei a eles – diz D.

Thérèse começa a chorar.

Ter, o miliciano

De manhã D. disse: "Você terá que levar o Ter ao Beaupain."
Thérèse não perguntou por quê. D. se encarrega de muitas coisas: prisões, prisioneiros, da transferência de camaradas, requisição de instalações, requisições de carros, requisições de gasolina, interrogatórios. No centro de Richelieu, está lotado. Onze milicianos, incluindo Ter, na contabilidade. Trinta colaboradores no salão, no andar de baixo os R.N.P.,* uma alemã, um agente da rua des Saussaies, uma empregada e sua patroa, uma escritora, um coronel russo, jornalistas, um poeta, uma advogada etc. É sem dúvida para aliviar a contabilidade, portanto, que D. quer levar Ter à rua de la Chaussée-d'Antin onde está o grupo Hernandez-Beaupain.

Thérèse levou, então, D. e Ter ao Beaupain na rua de la Chaussée-d'Antin. Eram três horas da tarde. Assim que entram no edifício, ouvem os espanhóis gritando, como eles sempre fazem. O pátio está repleto de bicicletas e de carros requisitados ou tomados dos alemães, hoje há um novo, um furgão cinza.

O grupo Hernandez-Beaupain fica no andar térreo de um edifício que dá para dois pátios, o primeiro com saída para a rua pelo corredor do edifício, o outro, que é muito pequeno, dá para outros pátios dos quais se separa por uma grade. Esses dois

---

* Sigla de Rassemblement National Populaire [União Nacional Popular], partido fascista e colaboracionista francês.

pátios se conectam entre si por um corredor que atravessa o piso térreo. Assim que se chega ao primeiro pátio já se pode ouvir os espanhóis gritando no enorme andar vazio.

Beaupain está na entrada do corredor. Beaupain é um cara alto, tem pernas grandes, braços grandes, uma cabeça pequena, os ombros de um gigante. Tem um rosto bonito, olhos de criança, azuis e suaves. D. passa por Beaupain e acena para ele. Beaupain tem um olhar estranho. Não cumprimenta D. Ele observa tanto a entrada quanto o fim do corredor. Algo está acontecendo agora no fim do corredor.

Palavras gritadas em espanhol no ar. Beaupain parece desconfortável.

D., Ter e Thérèse param na entrada do corredor próximo a Beaupain. Algo incomum está acontecendo. No lado ensolarado do pequeno pátio, há um grupo de homens, talvez quinze, gesticulando e falando alto em espanhol. D., Ter e Thérèse não avançam mais, eles esperam e observam, assim como Beaupain. O grupo de homens se desfaz, os homens se afastam uns dos outros e então podemos ver ao redor do que estavam coagulados como um bloco. A coisa aparece. Branca. Branca e deitada no chão. Os homens se alinham de ambos os lados dela ao longo do corredor. Dois deles a agarram, a levantam e a carregam.

D., Thérèse e Ter deixam Beaupain e avançam um pouco no corredor. O cadáver passa na frente deles. O corredor está silencioso, os espanhóis se calam. Dois sapatos de camurça saem do lençol, sapatos quase novos, amarrados firmemente sobre meias azuis. A coisa é mole e estremece a cada passo dos carregadores, como uma papa. A barriga é mais alta do que os pés, por conta das mãos que juntaram sobre ela. Sob o lençol, se desenha o formato de uma cabeça e a ponta de um nariz.

D. caminha em direção ao grupo de espanhóis que permaneceu no fim do corredor. Thérèse e Ter seguem D. D. pega o braço de um dos espanhóis, pergunta quem é.

– Um desgraçado.

Ele parte para juntar-se ao grupo de espanhóis no pátio.

D., Thérèse e Ter saem rapidamente para a entrada do corredor que leva ao grande pátio, precedidos por todos os espanhóis. Os carregadores colocaram o cadáver nos degraus da escada. O furgão cinza que estava no pátio dá marcha a ré. As duas portas do furgão são abertas. Os dois homens colocaram o cadáver dentro. Os dois pés calçados de camurça se descobrem e vemos a bainha de uma calça azul-marinho. Os dois homens batem as portas do furgão que imediatamente dá a partida, sai pelo corredor e desaparece na rua.

Imediatamente os espanhóis recomeçam a gritar. Eles desaparecem no corredor e voltam para o apartamento. D., Ter e Thérèse seguem os espanhóis. Beaupain está no grupo deles. D. novamente pergunta quem é. A mesma resposta: "Um desgraçado."

O cômodo dos espanhóis é muito grande, com lambris. Está completamente vazio. Nem uma cadeira. Nem uma mesa. Somente nos quatro cantos da sala estão armas empilhadas que um homem vigia. Uma magnífica lareira de mármore branco abaixo de um espelho de dois metros de altura. Não há nada sobre a lareira, nem o menor objeto. Os espanhóis dormem e comem neste quarto. Tudo o que eles têm, exceto as armas, está em seus bolsos. O cômodo está, portanto, vazio e cheio de homens, que não mudaram de roupa por quinze dias, leves e flexíveis, privados ao extremo pelo combate.

D. está à procura de Beaupain. Thérèse e Ter o seguem para o cômodo adjacente ao espanhol, o escritório de Gauthier e ao mesmo tempo o dos franceses. Além da mesa e da cadeira de Gauthier, também não há móveis nesta sala. Beaupain está ali, conversando com Gauthier. Cerca de vinte homens sentados contra as paredes estão ouvindo o que eles dizem. De vez em quando eles gritam e cobrem as vozes de Beaupain e Gauthier. Gritam porque não há vinho e porque só comem sanduíches de atum. D. e Beaupain encontraram mil caixas de atum em um P.C. alemão no primeiro dia da insurreição. Desde então, os oitenta homens do centro de Richelieu e os sessenta homens do centro de Antin só comem atum. Há dezessete dias que os homens estão fartos de atum. Beaupain reclama com Gauthier. Gauthier diz que trouxe uma peça de queijo *gruyère* que encontrou num caminhão alemão abandonado em Levallois. Ele diz que essa peça de *gruyère* ainda estava no caminhão na noite passada. Que o caminhão ainda estava no pátio ontem à noite. E que agora só resta o caminhão. O *gruyère* sumiu. Os homens reclamam. Pensam que Gauthier os acusa de ter roubado o *gruyère*. Beaupain sai, enojado. D. o detém pegando seu braço, pergunta quem é.

– Um agente da Gestapo. Do centro de Campagne Première. Foi o grupo Hernandez que atirou nele.

– Onde? Como?

– Três tiros de revólver na nuca. Aqui, no pátio.

Beaupain sai. D. e Thérèse vão para o pátio. A um metro da porta, em uma pedra ligeiramente oca, o sangue coagula. Brilha ao sol. Uma árvore cresce ao lado da pedra. Ninguém nas janelas com vista para o pátio, a maioria delas está fechada. O pátio está vazio.

– Por que há sangue na pedra? – pergunta Thérèse.

D. não responde. D. e Thérèse ficam na porta e olham o sangue. Este é o primeiro que executam. Esta é a primeira vez.

Beaupain passa de novo por ali. E sem que D. o questione:

– Ele ficou choramingando – diz Beaupain.

Ele parte novamente. Tem que procurar os ladrões de *gruyère*. Por sua vez, chega Gauthier. Ele também está procurando. Procura Beaupain.

– Você estava aqui? – pergunta D.

– Não. Onde está Beaupain?

Nós não sabemos. Pierrot chega e pede um cigarro a D. D. dá um cigarro, pega um, acende. Ele é um jovem, Pierrot, talvez dezoito anos.

– Você está vendo isso? – pergunta Pierrot.

– Você estava aqui? – pergunta D.

– Pode apostar! – diz Pierrot –, se eu estava aqui... ele chorou que foi nojento, disse que se nós o deixássemos faria o que quiséssemos, que ele tinha entendido... tudo.

Ele também diz que os espanhóis brigaram. Sobre quem atiraria, e que ainda estão brigando por isso. No fim, foi Hernandez e outros dois que atiraram juntos com uma pistola de 8 mm na nuca.

Pierrot vai embora. D. e Thérèse entram na sala dos espanhóis. Um grupo discute arduamente no meio da sala. Alguns perdem o interesse no debate e se agacham no chão, ao longo da parede, eles desmontam e lubrificam seus rifles.

Ter está encostado na lareira. É mesmo, o Ter. Ter, o miliciano. Ter está pálido. Não é a mesma palidez de Beaupain há alguns minutos, é diferente. O nariz de Ter se comprimiu e ficou verde, seus lábios parecem giz e abaixo dos olhos está cinza. É mesmo, nós tínhamos esquecido de Ter. Já faz dez ou quinze minutos que o esquecemos. Ter viu a maca passar e pela porta que leva ao pátio interno, ele viu o sangue na pedra. Ninguém pensou que Ter estava vendo essas coisas. Nenhum dos espanhóis, é claro. Nem mesmo Thérèse, nem mesmo D.

E agora encontramos Ter encostado na lareira, sozinho. D. se aproxima. E assim que Ter vê D. se aproximando (ele deve estar esperando que D. se aproxime dele desde o início), ele se endireita, se torce literalmente em direção a D. enquanto continua ao lado da lareira. D. se aproxima bem de Ter, que quer falar com ele. A voz de Ter é muito baixa.

– Eu gostaria de escrever uma mensagem para minha família – diz Ter.

D. e Thérèse se olham. Eles tinham esquecido de Ter. E agora eles sabem que Ter viu a maca passar e que, da porta, ele viu o sangue. D. olha fixo para Ter, ele o encara, o encara. Então, D. sorri para Ter.

– Não – diz D. –, não foi para executá-lo que o trouxemos aqui.

Ter levanta os olhos para D. Aquele olhar de Ter, aquele movimento dos olhos de Ter em direção a D., a força que fez as pálpebras de Ter levantarem e que o fez olhar para D...

– Ah!... – diz Ter –, porque eu teria gostado de saber.

– Não – disse D. –, acalme-se...

As pálpebras e a cabeça de Ter relaxam. E Ter não diz mais nada. Ele não se move, permanece apoiado nos cotovelos, encostado na lareira, seu corpo ligeiramente inclinado. D. se encosta na lareira, ao lado de Ter. Ele ainda o encara. Assim como Thérèse. Homens e homens passam por eles. Ter olha para baixo. Agora os homens estão discutindo sobre o *gruyère*. Gauthier corre atrás de Beaupain. Beaupain não quer mais ouvir falar de Gauthier naquele momento. Ele vai de um espanhol a outro perguntando quem viu a peça de *gruyère*. Peça de *gruyère*? Ninguém viu, de modo algum. Gauthier segue Beaupain e desdenha como se ele soubesse alguma coisa. De tempos em tempos gargalhadas irrompem. Sempre em torno da peça de *gruyère*.

Sentados nos cantos, os homens lubrificam seus rifles com muita atenção. Alguns comem; os franceses, sanduíches de atum; os espanhóis, sanduíches de atum com tomates. Os espanhóis estão sempre com tomates nos bolsos, e eles vão beliscando o dia inteiro. Ninguém sabe onde ou como eles os conseguem.

D. pega seu maço de cigarros. Ele o coloca debaixo do nariz do Ter. A mão de Ter se move com um clique, pega o cigarro. "Obrigado", diz Ter. D. também oferece um cigarro a Thérèse. Ele mesmo pega um, e depois dá o isqueiro à Ter. Ao ver o fogo, Ter levanta os olhos mais uma vez para D. D. sorri. Ter também sorri pelo tempo de um relâmpago e depois baixa a cabeça novamente, ainda encostado na lareira. Ele fuma o cigarro com todas as suas forças, dá longas baforadas.

Beaupain convoca todos os homens e lhes conta sobre o misterioso desaparecimento do *gruyère*. Não tem cabimento, explica Beaupain, uma peça de trinta quilos de queijo *gruyère* não vai embora sozinha. Os homens escutam, sorriem e recomeçam a discutir. Ninguém viu nada do *gruyère*, de modo algum. Beaupain está suando, ele berra e se exaure. E dá ordens sobre a acomodação dos diferentes grupos para a noite. Quando termina, um espanhol se aproxima dele e diz alguma coisa. Imediatamente Beaupain se lembra de algo e pergunta ao grupo quem levou o FM[*] que estava em sua mesa até a noite passada e também as duas metralhadoras que desapareceram pela manhã, a que pertencia ao grupo, e a que era de um pequeno F.A.I.,[**] aquele que acabou de falar com ele. O pequeno F.A.I. aquiesce, indignado. Ninguém viu as metralhadoras nem o FM. O pequeno F.A.I. vai de um grupo a outro e faz sempre a mesma pergunta: "Você viu a metralhadora?", estendendo as mãos vazias. Ninguém viu.

---

[*]   Provavelmente um fuzil (*"fusil-mitrailleur"*).

[**]   A sigla provavelmente se refere à organização espanhola Federación Anarquista Ibérica.

Ter ainda está fumando. D. e Thérèse não conseguem parar de observá-lo fumar.

Ter tem vinte e três anos. É um cara bonito. Ele não veste jaqueta e se veem os músculos de seus antebraços, longos, jovens. Sua cintura é fina, bem presa por um cinto de couro. Não está mais pálido. Mas ainda fuma com força, ele bombeia seu cigarro. Está com uma barba de nove dias. Sua camisa azul é de seda. Seus sapatos são de camurça. Seu cinto é de couro de javali. Se não fosse pela seda de sua camisa, a camurça, o cinto, poderiam confundi-lo com um cara do centro. Mas Ter tem um passado sujo. Nada a fazer, ele tem. Cresceu sobre a jovem vida de Ter esse enorme passado do qual ele provavelmente morrerá.

D. e Thérèse olham para ele. Ele fuma, os olhos baixos. A mão que segura o cigarro treme, a outra se apoia na lareira. De tempos em tempos, Ter levanta os olhos, vê D. e sorri como alguém que se desculpa.

Em todos os cantos, os homens estão lubrificando seus rifles e discutindo sobre metralhadoras roubadas, sobre o *gruyère*, sobre o agente da Gestapo.

D. continua interessado somente em Ter, o miliciano. Vinte e três anos. Ele perdeu sua vida. Ele se tornou amigo de Lafont, Lafont encheu seus olhos com seu carro blindado, seu escritório blindado, suas paredes blindadas. Ter é um cara curioso. Não tem nenhum pensamento na cabeça, apenas desejos, tem um corpo feito para o prazer, para festas, lutas, meninas. Oito dias atrás, D. e Roger interrogaram Ter. Thérèse assistiu ao interrogatório. Aqueles que assistiram ao interrogatório de Ter o conhecem tão bem como se sempre o tivessem conhecido.

Ter tinha sido um parceiro da gangue Bonny-Lafont.[*]

– Por que você se juntou à milícia? – perguntamos a Ter.

– Porque de outra forma não conseguiria uma arma...

– Por que uma arma?

– É chique ter uma arma.

Nós o pegamos por uma hora para descobrir o que ele fazia com sua arma e quantos da Resistência ele havia matado com ela.

– Eu era o último dos últimos do bando, eu não poderia ter matado ninguém da Resistência.

Ele dizia que tinha ido caçar em Sologne com uns artistas de cinema. Ele tinha sido secretário de Lafont por um tempo. Ele não disse que não teria matado ninguém da Resistência se pudesse fazê-lo.

Foi num grupo das F.F.I.[**] do 15º *arrondissement*, no qual ele tinha se infiltrado, que o descobriram e que o entregaram ao grupo de Richelieu porque não tinham lugar para mantê-lo. Também perguntaram para ele:

– Que diabos você estava fazendo nas F.F.I.?

– Eu queria lutar...

– Com que arma?

– Com a minha arma.

– Você pensou que essa era a única maneira de se esconder, não foi?

– Não, era para lutar, não era porque eu queria fazer mal aos alemães, não, era para lutar.

---

[*] Grupo de criminosos ligado à Gestapo liderado por Henri Lafont e o ex-inspetor de polícia, Pierre Bonny. Atuava em Paris durante o período da ocupação, roubando, saqueando e perseguindo integrantes da França Livre.

[**] Forces Françaises de L'interieur (F.F.I.) é como se designavam os membros da Resistência francesa na fase final da Segunda Guerra Mundial.

Ele foi encontrado com uma braçadeira das F.F.I. no bolso. Perguntamos o que ele estava fazendo com essa braçadeira no bolso. Ele disse que a tinha encontrado, ele sorriu: "Não, certamente não, um cara como eu, usar a braçadeira…" Passa Beaupain, ainda procurando o FM e o *gruyère*.

– Quando você vai ter um minuto? – diz D.

– Você pode vir – diz Beaupain.

Eles se distanciam e discutem. Thérèse fica com Ter junto à lareira. Ela pensa que o assunto entre Beaupain e D. deve ser Ter e que Ter não suspeita disso. Na verdade, Ter começa a se distrair. Ele acompanha com os olhos o grupo de espanhóis que limpam suas armas, também D. e Beaupain, mas especialmente os espanhóis. Porque Ter é assim. Para dirigir um carro, para ter uma arma no bolso, Ter perdeu sua vida. Ele foi para a farra com Lafont e Bonny. Dirigia o carro blindado de Lafont a toda velocidade enquanto Lafont fazia buscas nos bairros judeus. Um dia, indo caçar, ele atirou atrás das árvores, não sabe se matou alguém. Nós sabemos tudo. Ter confessou tudo imediatamente.

Para Ter, tudo é simples. Ter diz para si mesmo: "Eu tinha uma arma, era do bando Bonny-Lafont, atirei nas árvores, vou ser executado." Quem fez coisas ruins deve ser executado. Não vale a pena se defender, acredita Ter. Ter se dobra às exigências da justiça e da sociedade. Ele acredita no discernimento dos juízes, na justiça, na punição. E, enquanto espera, é divertido assistir como desmontam as armas, clique-claque. Como uma planta, também, o Ter. Como uma criança.

Thérèse e D. têm uma certa preferência por Ter. É inevitável. É inevitável termos preferência por uns e repulsa por outros. Há, no centro de Richelieu, um homem do mundo muito menos culpado do que Ter e que sabia que se safaria. Não o Ter, é certo que Ter vai ser fuzilado. O homem do mundo pediu para ser colocado com pessoas de "seu meio" porque "tinha direito a certo respeito". Então D. o colocou num quartinho comum do corredor, com um campeão de luta livre e uma camareira. Em um ano, Ter ganhou seis milhões em um escritório de compras alemão.

– Quanto você ganhou com esse trabalho?

– Seis milhões em 1943, dois milhões este ano.

Nem por um segundo Ter hesitou em dizê-lo. Ter realmente não finge nada e não tem orgulho, nem um pouco. O que ele queria, mais do que qualquer coisa, eram cigarros. E uma mulher também. Enquanto o interrogávamos, oito dias após sua prisão, Ter olhou para Thérèse com uma certa insistência. Ter tem cara de libertino e de garanhão e deve sentir falta das mulheres. E é impossível que sua amante, que está lá embaixo no hall, suba, é proibido. Já são onze na contabilidade e de qualquer forma não podiam fazer isso. O mesmo com os cigarros, é proibido dá-los aos prisioneiros.

D. voltou para o lado de Ter e Thérèse.

– Estamos indo...

Ter anda na frente. D. se inclina para Thérèse e diz baixinho: "Beaupain não tem lugar, você terá que ligar para Cherche-Midi."*

Ao sair, D. fez um sinal amigável a Hernandez, Thérèse também. Hernandez é um gigante, um comunista, foram ele e dois de seu grupo que executaram o agente, são dezessete nesse grupo, considerados por todos os franceses como seus veteranos

---

* Provavelmente refere-se à Prisão de Cherche-Midi, então localizada na esquina desta rua com o *boulevard* Raspail e que, após servir aos nazistas durante a Ocupação, abrigou os prisioneiros de guerra, entre alemães e colaboracionistas.

na luta. Que tenha sido o Hernandez o responsável pela execução do agente sem dúvida confirma, aos olhos de D. e Thérèse, o quanto a confiança deles em Hernandez é sólida. Foi a seu grupo que o trabalho foi dado, é habitual. O agente era francês, mas os franceses não tinham discutido, talvez não estivessem certos de que o agente deveria ser executado, Hernandez, sim. Hernandez está comendo tomates, com um sorriso de criança gigante. Ele é cabeleireiro de profissão, de razão de ser, ele é republicano espanhol. Com a mesma certeza, a mesma facilidade, ele colocaria uma bala na cabeça, se fosse útil para avançar a eclosão da revolução espanhola. Quando não estão lutando, os espanhóis estão lubrificando as armas recuperadas; eles conhecem os cantos onde encontrá-las, ficam fora a noite toda, dormem muito pouco, falam e falam sem cessar sobre a luta futura na Espanha. Todos eles acreditam que irão embora nos próximos dias. "É a vez de Franco", diz sempre Hernandez. Isso os impede de dormir, a Liberação de Paris faz os espanhóis sonharem. A grande questão para eles é recuperar as armas e se reagruparem. Os socialistas estabelecem condições inaceitáveis para os comunistas e para os da F.A.I. Estes últimos querem se reagrupar por seus próprios meios na fronteira espanhola. Os socialistas queriam organizar um corpo expedicionário formado em Paris. Durante todo o dia, fala-se dessa partida. Todos abandonaram seus empregos para partir de novo.

Ao cruzar com Hernandez, Thérèse pensa que se Ter fosse executado nos próximos dias, seria melhor que ele, Hernandez, o fizesse. Ela preferiria que fosse o Hernandez. Ela sorri para ele. Somente Hernandez sabe a que ponto é necessário matá-lo. Ela não conhece os detalhes do que D. e Beaupain disseram um ao outro sobre Ter, o miliciano. São questões de organização, sem dúvida. Ter deixará o centro, talvez ele seja executado.

Ter está contente em deixar o centro de Antin. Ele caminha com um passo suave e rápido à frente de D. e Thérèse. Ele sabe que está voltando para a sala da contabilidade no centro de Richelieu, mas não pensa nisso naquele momento. A perspectiva do passeio de carro do centro de Antin ao centro de Richelieu o faz esquecer. Assim é Ter, rapidamente esquecido.

Chegando à rua, na altura do carro, Ter de repente se afasta de D. e Thérèse, contorna o carro e com um gesto largo e galante, ele abre a porta para Thérèse com um sorriso. Certamente está feliz em deixar o centro de Antin, mas não é só isso. É que Thérèse e D. são simpáticos com ele. O que acontece é que Thérèse dirige o carro, e que ele, em outros tempos, dirigia carros, e então sente um certo parentesco com Thérèse. Ter não é um prisioneiro comum. Pois aconteceu essa coisa admirável que Ter, durante seu interrogatório, foi atingido pela lealdade de D., e temos certeza que na confissão total, quase desconcertante de Ter, houve o desejo de agradar a D. Assim é Ter, simples. Como uma espécie de planta, o Ter.

Ter está sentado ao lado de Thérèse, que dirige o carro. D. está no banco de trás. Leva na mão direita um pequeno revólver antigo e de pequeno calibre, a única arma que restou a D., seu FM e sua 8 mm tendo sido roubados do centro de Richelieu. Este revólver que D. segura está avariado, não funciona há muito tempo. D. encontrou-o em sua gaveta de escrivaninha no lugar da 8 mm. É impossível saber de onde ele veio. Thérèse também sabe que essa arma apontada para Ter não funciona. Ter não sabe disso, é claro. Se ele tiver percebido que a arma é ridiculamente pequena, D. o impressiona a ponto de ele nem poder suspeitar que não funciona. Para Ter, D. só pode possuir armas tão perfeitas quanto sua alma.

Ter fica tranquilo ao lado de Thérèse.

O dia está bonito, muito claro. Não há polícia. A polícia lutou com o povo de Paris e ainda não retomou suas funções desde a Liberação. Há três dias, as ruas estão sem polícia. Carros cheios das F.F.I. circulam em todas as direções, em sentido proibido também, andam em grande velocidade e ultrapassam uns aos outros, utilizando as calçadas. Um frenesi de desobediência, uma embriaguez de liberdade tomou conta das pessoas.

Ter está fascinado pela velocidade dos carros, o número de carros, os canhões que ultrapassam os portões e brilham ao sol.

– Temos que aproveitar – diz D., de repente –, ainda não há polícia, essas coisas acontecem uma vez por século...

Ter virou para D., que estava segurando a arma contra ele. E ele riu.

– Isso é verdade.

Assim é Ter, ele gosta que não haja polícia. Ter nunca gostou da polícia. Se ele está tão à vontade com D., é porque D. não é a polícia. Ter não pensa; ele não pensa que o fato de não haver polícia anuncia novos tempos, tempos que ele não vai viver. Ele não pensa adiante, o Ter.

Ter presta muita atenção ao manuseio da embreagem, à aceleração, à condução do carro no turbilhão ensolarado das ruas. Ter ama o manuseio de carros, de armas, de dinheiro, de mulheres. Ele gosta do que acelera, do que estala, do que se consome. Para ele, o manuseio de um carro é uma coisa fascinante em si mesma. Especialmente por se tratar de uma mudança tão grande em relação à vida que leva há onze dias na contabilidade, com outros dez milicianos. E o dia está realmente lindo e todos esses carros cheios de jovens e de garotas da idade de Ter, acelerando em toda velocidade, com metralhadoras e rifles apontando em todas as direções, saindo dos portões, tornam o verão mais intenso, mais fascinante. De longe, toda essa desordem conquistada, livre, exaltada, atua sobre Ter, que está feliz por estar em um desses carros, por fazer parte desse movimento de qualquer forma que seja. Este é provavelmente o último passeio da vida de Ter. A cada curva, com regularidade, atenção, Ter estende o braço para facilitar a locomoção do carro. O carro que o leva direto para sua cela no centro de Richelieu, do qual ele provavelmente só sairá em um camburão.

De vez em quando, partem dos telhados dos edifícios o arrulho das metralhadoras, fundo sonoro, sol brilhando, folhas verdes. Quando está muito perto, os pedestres se recolhem sob as marquises das casas e riem para os F.F.I. que passam de carro.

E em certo ponto, Thérèse volta-se para D. e pisca os olhos sobre a arma avariada. D. e Thérèse sorriem. Somente Ter está sério. Com precisão, ele estica o braço a cada curva.

Quando Thérèse e Albert foram levar Ter de volta para sua cela, Ter perguntou a Thérèse se seria possível ter um pouco de pão como suplemento das rações e também um baralho para passar o tempo. Ter perguntou isso a Thérèse, baixinho, sem que Albert ouvisse.

D. tinha ido brigar com os F.F.I. na cozinha que estavam tirando parte da comida dos prisioneiros e Thérèse tinha ido procurar um baralho e pão.

No fim da tarde, Thérèse acompanhou Albert até o escritório da contabilidade para dar à Ter as cartas e o pão. Ter, sentado sobre a mesa, contava aos outros prisioneiros sobre seu passeio por Paris. Thérèse entregou o baralho e o pão.

À noite, tinham encontrado Ter sentado na mesa, cercado por outros três milicianos, jogando cartas.

Os outros não queriam realmente jogar, jogavam meio de qualquer jeito. Ter os forçava. Ter tinha um desejo infernal de jogar, um desejo de quem vai viver, não menos que isso. Ele se sentou de pernas cruzadas sobre a mesa, forçava os outros a escolher suas cartas, a jogá-las. Depois jogava. Estava jogando sozinho. Jogava as cartas sobre a mesa e se regozijava com a vitória. E plaf! E eu te jogo este ás. E eu vou cortar você. E ganho.

Ao lado de Ter, sobre a mesa, restava um pequeno pedaço de pão. Era tudo o que restava dos três pães que Thérèse trouxera para Ter. Eles tinham comido tudo, Ter tinha compartilhado.

Até Albert tinha uma simpatia por Ter, Albert que era terrível com todos os outros. Quando Ter estava lá embaixo no salão, D. o encontrou um dia em uma longa conversa com Albert. Albert estava sentado em uma poltrona de couro. Ter estava a seus pés.

– Me diz uma coisa… e as mulheres? Quantas mulheres você já teve?

Ter estava pensando.

– Em quanto tempo? – perguntava Ter.

– No ano passado, quantas no ano passado?

– Trezentas e noventa e cinco.

Então Ter e Albert se acabaram de rir, e também D., que tinha acabado de chegar, os três juntos.

Ter era incorrigível. Mesmo que fosse morrer no dia seguinte, Ter não teria perdido a oportunidade de viver. Ter estava convencido de sua abjeção porque D. lhe havia dito isso e em D. ele tinha que acreditar. Ter não tinha orgulho, nada na cabeça, nada além da infância.

Não sabemos o que aconteceu com Ter, se ele foi fuzilado, ou se viveu. Se Ter viveu deve ter estado daquele lado da sociedade em que o dinheiro é fácil, a ideia é rasa, a mística do líder toma o lugar da ideologia e justifica o crime.

A URTIGA PARTIDA

É inventado. É literatura.

Eu era do P.C.F. nessa época, sem dúvida, porque se tratava
de um texto que tinha a ver com uma luta de classes. Não era ruim,
era impublicável. Tive a sorte de fazer uma literatura que incons-
cientemente sempre preservei da nauseante proximidade do P.C. ao
qual eu pertencia. Felizmente este texto continuou sem publicação por
quarenta anos. Eu o reescrevi. Agora eu não sei mais do que se trata.
Mas é um texto que ganha espaço. Talvez seja também um bom texto
para o cinema.

Às vezes, o estrangeiro, eu acho que é Ter, o miliciano, que fugiu
do centro de Richelieu e que procura um lugar para morrer. É o terno
claro que me levaria a acreditar nisso, os sapatos de couro claro, a
pele branca da Alemanha nazista, e o cheiro daquela porcaria cara,
o cigarro inglês.

---

* Parti Communiste Français [Partido Comunista Francês].

O estranho se senta nas grandes placas de pedra que se espalham pelas margens da estrada. Elas devem ter sido transportadas para lá há bastante tempo, talvez antes mesmo da Ocupação. Depois, o projeto de fazer calçadas nessa estrada teve que ser abandonado.

Em ambos os lados da estrada há casinhas de tábuas cobertas com chapas metálicas, rodeadas por cercas contorcidas sobre as quais a roupa é estendida para secar de vez em quando. Ao redor das placas, nas fendas, há rosas trepadeiras e urtigas. Elas estão também nas cercas no entorno das casinhas de tábua, uma invasão. De quando em quando, também, nos jardins, no caminho, acácias, nenhuma outra árvore.

Das casinhas, se escuta o tilintar de louças, vozerio, gritos de crianças, gritos de mãe, nenhuma palavra.

Na estrada, duas crianças vão e voltam. O mais velho pode ter dez anos de idade. Ele passeia com seu irmão mais novo em um antigo carrinho de bebê, do lugar onde o estrangeiro está até a escavação onde a estrada leva. Da escavação brotam emaranhados de sucata e urtigas.

Desde que o estrangeiro chegou, a criança encurtou seu caminho, passa por ele com mais frequência. O irmão mais novo veste uma camisa azul pequena demais. Está descalço, sua cabeça loira balança para lá e para cá na parte de trás do carrinho. Está dormindo. Seu cabelo liso está desarrumado, com mechas presas entre suas pálpebras fechadas, é ali que estão as moscas, na sombra úmida dos cílios. De vez em quando, o mais velho para e examina o estrangeiro às escondidas, com uma curiosidade muito aguda e vazia. Ele come uma erva e canta baixinho. Também está descalço. É uma criança magra, de lábios inchados, cabelo opaco e bagunçado, muito escuro. Veste uma blusa de menina, também azul, bem aberta na frente. Sua cabeça é pequena e comprimida, seu olhar ainda é límpido, profundo. Às vezes, o semblante do menino se fecha, ele fica com medo. É quando ele acha que o estrangeiro está olhando para ele. Mas muito rapidamente ele retoma seu vai e vem entre as casinhas.

Faz dez minutos que o estrangeiro está ali, enquanto um homem surge no caminho. Ele também se senta numa pedra, não muito longe do estrangeiro. É um homem que tem o hábito de vir. Deve ter uns cinquenta anos. Usa uma boina manchada de graxa. Ele puxa suas calças para se sentar, suas canelas são finas, peludas, saem de grandes botas pretas. Veste uma camisa militar e uma jaqueta cinza um pouco curta. A criança para na frente do trabalhador. O rosto da criança milagrosamente ganhou vida, ela sorri. Dizem bom-dia um ao outro.

A criança empurra o carro para debaixo da acácia, do outro lado da estrada, depois volta para se sentar ao lado do homem. "Você já comeu? – Já sim", diz a criança.

Como a criança, o homem olha para o estrangeiro de forma furtiva, mas sem se perturbar. Seu rosto é bronzeado, ressecado. Os olhos desse homem são azuis, pequenos e vivos, e bons. Suas bochechas são ocas, ele não deve ter mais muitos dentes.

Está quente, um calor pesado, escaldante, sem passagem alguma de vento, de movimento. O ruído que ouvimos é o das moscas que vão de urtiga em urtiga pelo ar pesado.

O homem coloca sua bolsa na sua frente. Pega sua marmita e uma garrafa de vinho. O estrangeiro parece evitar olhar para ele. Ele não deve ignorar que o homem o observa, que se pergunta por que ele está ali hoje, nesta estrada no fim do mundo, um homem que é tão estrangeiro.

O homem tira sua marmita, e vemos que o dedo indicador de sua mão esquerda é envolto em um grande dedo de couro, amarrado ao redor de seu pulso. Ele abre a marmita, seu dedo levantado para evitar qualquer contato. A criança segue os gestos do homem. Parece ter esquecido momentaneamente o estrangeiro. "Ainda está doendo", pergunta a criança. "Não é nada. Não me importo mais."

Na marmita, há feijão branco. O homem tira um pedaço de pão da bolsa. Seus movimentos são lentos. O estrangeiro tira seu chapéu e o coloca sobre a pedra ao lado. Ele está com calor. Está vestindo um terno claro. Quase branco.

A criança segue os movimentos do homem. Seu rosto relaxou. Há uma avidez estranha nessa criança, ela quer que o homem fale. Eles devem ter o hábito de se ver. "E seu pai?", pergunta o homem. "Está melhor", diz a criança.

O homem limpa a colher contra a lapela da jaqueta e a mergulha na marmita. Ele come. Ele mastiga. Ele come. Ele engole. Tudo acontece na lentidão constante de um espetáculo, de uma leitura insidiosa e estéril.

Atrás deles, atrás do estrangeiro, do homem e da criança, a mesma massa compacta da cidade, diante deles, o início das urtigas. A cidade termina ali onde começam as ervas daninhas, a sucata. A guerra a deixou. Acabou. O cheiro ácido vem de outra escavação – esta não se pode ver – que deve servir de lixão para todas as pessoas das casinhas. As moscas que bebem dos olhos do menininho vêm de lá. Desde que ele nasceu, este menininho tem sido presa das moscas deste lixão, e ele respira, e está imerso no cheiro ácido. Às vezes, o cheiro atenua e depois volta, horrível, impregnando o verão.

O homem ainda está comendo seus feijões na frente da criança e do estrangeiro. Pega uma colherada de feijão, corta um pedaço de pão com seu canivete, põe tudo na boca. Ele mastiga. Lentamente ele mastiga. A criança mais velha olha para o homem que mastiga. Das casinhas ainda saem gritos, choros de crianças, barulho de louça, nenhuma palavra.

Ao longe, soa uma sirene, muito triste, semelhante àquela dos alarmes da guerra.

O homem coloca seu pedaço de pão sobre a pedra e puxa seu relógio do bolso de seu colete. Ainda lentamente, ele acerta a hora. Ele diz: "Meio-dia e um minuto." Se volta para o estrangeiro: "Ainda dá medo, um barulho maldito."

O estrangeiro não respondeu. Se poderia supor que era surdo. O homem volta a comer seu feijão. Sempre com essa lentidão excessiva, demorada, no calor pestilento da escavação que não se vê. A criança não olha mais para ele. Olha para o estrangeiro que não respondeu. Ele nunca viu um estrangeiro nessa estrada, um homem muito limpo e muito branco. Um homem loiro.

– Onde estamos? – pergunta o estrangeiro.

A criança ri e depois baixa os olhos, confusa. O homem para de mastigar. Olha para o estrangeiro, também surpreso.

– Ali fica o Petit-Clamart – ele aponta na direção do monte de sucata e urtigas. – Aqui ainda é Paris. Bem, em teoria...

A incerteza tomou conta do homem.

– Por quê? Você está perdido...?

– Sim.

A palavra ecoa.

A criança ri de novo, depois para, olha para baixo.

O homem não sorri mais.

O homem pega uma garrafa de vinho, um copo. Bebe. Não fala mais.

O estrangeiro deve saber por si mesmo que o homem não falará mais com ele. O estrangeiro fala, não questiona, diz: "Você machucou seu dedo."

O homem levanta o dedo e considera.

– Eu tenho um dedo cortado, bem, quase, a primeira falange. Ficou preso sob uma prensa.

Pela primeira vez a criança fala, ele cora e toma fôlego, diz de uma vez: "Seu dedo estava achatado como papel de cigarro, tem uma outra, na fábrica, prensou a mão dela toda, cortaram sua mão."

O estrangeiro não tira mais os olhos da boca que come. Os olhos da criança também estão ávidos para ver tudo. Ela não tira mais os olhos dos dois homens. Mais uma vez, o homem fala.

– São peças grandes, diz o homem, duas toneladas... e há umas de cinco toneladas nos estaleiros... monstros enormes...

O menininho grita. Um único grito. Um pesadelo. Na porta de uma casinha, aparece uma mulher jovem, ela chama "Marcel!" A criança se levanta e olha para a mulher: "Nada não." Todos se calam. O pequeno voltou a dormir.

O homem terminou seu feijão e tira um pedaço de queijo da bolsa. Corta um pequeno pedaço de queijo e o coloca sobre o pão. Corta a parte do pão que tem o queijo. Ele come, ainda com a mesma lentidão demorada, mas leve, irresistível. A criança diz: "Eu não acreditava, mas você terá pão apenas o suficiente para o queijo."

A criança está preocupada com o silêncio do homem que come o queijo. Não por causa do silêncio do estrangeiro. Ele olha para o homem, Lucien.

– É terrível – diz finalmente o estrangeiro.

O homem se vira para o estrangeiro. Ele não sorri mais. A criança entende que o homem, Lucien, começa a temer algo. O estrangeiro diz: "Vocês voltaram para o mesmo trabalho."

O estrangeiro não pensa no que está dizendo, ele fala mecanicamente, mas em vez de se calar, em vez de morrer. Mantém trancado dentro de si uma coisa que não sabe como dizer, como entregar. Isso porque ele não a conhece. Não sabe como se fala sobre a morte. Está diante de si mesmo, assim como o homem e a criança diante dele. O homem e a criança sabem disso. O homem vai falar no lugar do estrangeiro, mas da mesma forma ele se calaria. Todos esses esforços são para afastar o silêncio. Uma coisa é certa. Se o silêncio não fosse repelido pelos dois homens, uma fase perigosa se abriria para todos, para as crianças, para o estrangeiro, para o homem. A palavra que ocorre primeiro para descrever é a palavra loucura.

"Sim, estou de volta ao mesmo trabalho, diz o homem. No ano passado, estive na rebitagem. Eu prefiro a prensa. É uma questão de gosto. Acho que o trabalho na prensa é menos monótono. Talvez porque seja perigoso. Talvez seja mais duro, mas temos nossa própria peça, nossa própria máquina. Eu prefiro isso."

O estrangeiro voltou a ouvir sem escutar, a olhar sem ver.

"Na prensa, continua o homem, há também vários de nós, mas é bem diferente, vemos nossa peça sendo feita. Na rebitagem, por outro lado, é um pouco... como posso dizer... um trabalho de detalhe, de acabamento. É menos pessoal. E depois, nunca se está sozinho, sempre em grupo. Gostamos de estar sozinhos às vezes."

O homem falou com um cuidado de precisão que encanta a criança. A gentileza deixou o homem, a bondade também. Ele fala agora para evitar que o estrangeiro fale. O estrangeiro não responde.

A criança grita em uma espécie de felicidade repentina. Essa felicidade não é alheia à nova atitude do homem para com o estrangeiro. O homem sorri com uma ironia leve e seus olhos azuis se tornaram duros. "Talvez você esteja no ramo da metalurgia, diz o homem, nunca se sabe." O estrangeiro sorri como o homem, debochando, mas não responde. Ele diz: "Não." Aconteceu uma pequena pausa nos gestos do homem que come, e o silêncio retorna. E o temor se torna mais próximo, mais denso. A criança não entende nada do evento que está por vir. Ele se vê abandonado.

O homem tira um galão de sua bolsa e um copo. E então bebe um, dois, depois três longos goles de vinho. Ao terminar, entrega o galão para a criança.

– Aqui, tome um gole.

A criança bebe, faz uma careta, engole o vinho com dificuldade. O estrangeiro levanta a cabeça e diz:

– Você está dando vinho para ele... para uma criança?

– Sim, estou lhe dando vinho... por quê? Você vê algum mal nisso?

O estrangeiro olha para o trabalhador. Eles se olham. O estrangeiro diz: "Não."

O homem pega de novo seu relógio, olha para ele e o coloca de volta no bolso do colete. Em seguida, pega um maço de Gauloises. O pequeno acordou novamente. A criança vai em direção ao carrinho e recomeça a empurrá-lo, tudo sem tirar os olhos dos dois homens.

O estrangeiro se vira de repente, como se estivesse em pânico. Por nenhuma razão aparente. Depois volta ao seu silêncio.

O homem diz: "Ainda tenho quinze minutos, o tempo de fumar um cigarro."

O homem entrega seu maço de cigarros ao estrangeiro.

– Obrigado, diz o estranho, tenho alguns comigo.

O estrangeiro, por sua vez, tira um maço de cigarros do bolso. O homem lhe entrega um isqueiro escurecido, sua mão treme um pouco.

Eles fumam sem se falar. Depois, o trabalhador parece ver algo de longe, na sua frente, mas não. Fuma com uma tranquilidade profunda. O medo vem e vai. E aí está ele. O homem fareja o ar e diz esta frase: "Você está fumando um cigarro inglês."

O estrangeiro não responde, ele não entende, diz: "O que você quer dizer?"

O homem olha para o estrangeiro como há pouco o estrangeiro o olhava. Ele não responde.

Os dois homens se calam. A criança começa a esquecê-los. Ela cantarola uma melodia escolar. O estrangeiro fala com o homem: "Você está feliz?"

O homem olha para ele: "Do que você está falando?"

O estrangeiro está pensando, procura o que falar. Não encontra.

"Não sei."

Na frente do estrangeiro há um tufo de urtigas floridas. A planta está no meio da estrada, redonda, vigorosa, cheia de energia. O estrangeiro se inclina, quebra um talo da planta e a esfrega em sua mão. Ele faz uma careta, joga a urtiga fora, esfrega suas mãos queimadas. Ouve-se o riso da criança. O homem deixou de fumar completamente. O estrangeiro percebe que ele o olha, continua debruçado sobre a urtiga, depois, de repente, ele se decide, levanta a cabeça e fala, ele diz: "Me desculpe."

A criança, mais uma vez, ri. Uma crise de riso. O homem diz a ela para ficar quieta. A criança para de rir de repente, tem medo de que o homem a mande embora. O homem pergunta: "Você nunca viu uma urtiga?"

Agora o homem está com raiva. Seu medo se foi. Se põe de pé diante do estrangeiro.

"Não é isso, diz o estrangeiro, mas eu não sei reconhecer." O homem joga seu cigarro, que cai em uma poça de luz solar. Ele pega outro. Não espera mais que o estrangeiro fale. Ele parece ter esquecido de voltar ao trabalho. Não olha mais para o estrangeiro. Ele pensa nele, no estrangeiro, como um evento já passado, inacessível e vão. O estrangeiro não fala mais. Retomou sua pose. Sua cabeça ainda está abaixada, apontada para a morte.

E o homem, instintivamente, caminha lentamente em direção à zona de morte onde está o estrangeiro. Ele diz: "Durante a Ocupação eu fiquei aqui, não saí dessa área."

O estrangeiro não se moveu. O homem agora caminha em volta dele, dá alguns passos, retorna, aponta para a cidade. Diz: "Já se passaram oito dias desde que tudo acabou. O que ouvimos de vez em quando são os atiradores nos telhados, mas são cada vez menos."

A sirene soa novamente, a criança grita.

– Lucien, está na hora.

– Estou indo – diz Lucien.

Lucien hesita. Vai, vem, olha para a cidade, e então diz à criança: "Você vai voltar para casa."

A criança, todo o seu pequeno rosto se contrai num esforço para compreender algo do que está acontecendo entre o homem e o estrangeiro. Mas a criança obedece. Vai para dentro. Pega o carrinho e volta para a casinha onde sua mãe estava um momento antes. O homem espera até que ela tenha desaparecido antes de partir.

O estrangeiro não se moveu.

Ainda sentado, cabeça baixa em direção ao chão, mãos juntas, os braços apoiados sobre os joelhos.

Ele agora ocupa o caminho sozinho. Este deserto, este caminho, é apenas dele.

É quando ela o olha de longe, pela janela da casinha, que ocorre à criança a ideia de que talvez o estrangeiro esteja morto, morto de uma morte milagrosa, sem aparência de acontecimento, sem forma de morte.

AURÉLIA PARIS

É inventado. É o amor louco pela menina judia abandonada.

Sempre tive a tentação de transpor Aurélia Paris para o palco. Eu o fiz para Gérard Desarthe. Ele o leu maravilhosamente por duas semanas na pequena sala do teatro du Rond-Point, em janeiro de 1984.

Hoje, atrás das janelas, está a floresta e o vento chegou. As rosas estavam lá naquele outro país do Norte. A menina não as conhece. Ela nunca viu as rosas agora mortas, nem os campos, nem o mar. A menina está na janela da torre, abriu ligeiramente as cortinas pretas e olha para a floresta. A chuva parou. Está quase escuro, mas pelo vidro o céu ainda está azul. A torre é quadrada, muito alta, em cimento preto. A menina está no último andar, ela vê outras torres de vez em quando, também pretas. Ela nunca desceu para a floresta.

A menina sai da janela e começa a cantar uma canção estrangeira em uma língua que ela não entende. A sala ainda está clara. Ela se olha no espelho. Ela vê cabelos pretos e olhos claros. Os olhos são de um azul muito escuro. A menina não sabe disso. Ela também não sabe que sempre conheceu a canção. Não se lembra de a ter aprendido.

Alguém chora. É a senhora que cuida da menina, que a lava e que a alimenta. O apartamento é grande, quase vazio, quase tudo já foi vendido. A senhora fica na entrada, sentada em uma cadeira, ao lado dela há um revólver. A menina sempre a conheceu ali, esperando a polícia alemã. Noite e dia, a menina não sabe por quantos anos, a senhora espera. O que a menina sabe é que assim que ela ouvir a palavra *polizeï* atrás da porta, a senhora abrirá e matará todos, primeiro eles e depois, elas duas.

A menina vai fechar as cortinas pretas e depois vai para a cama, ela acende a pequena lâmpada da cabeceira. Sob a lâmpada, o gato. Ele fica sob a luz. À sua volta, desordenados, estão os jornais das últimas operações do exército do Reich com os quais a senhora ensinou a menina a escrever. Ao lado do gato, aberta e enrijecida, há uma borboleta morta da cor da poeira.

A menina se senta na cama de frente para o gato. O gato boceja, se espreguiça e se senta por sua vez na frente dela. Eles têm os olhos na mesma altura. Eles olham. Aqui está, a canção judaica, a menina canta para o gato. O gato se deita sobre a mesa e a menina o acaricia, o escuta. Depois pega a borboleta morta, mostra para o gato, olha para ele com uma careta para rir, e depois canta mais uma vez o canto judaico. Depois os olhos do gato e da menina se olham de novo.

Do fundo do céu de repente, aí está ela. A guerra. O barulho. Do corredor a senhora grita para fechar as cortinas, para não esquecer. Grandes blocos de aço começam a passar acima da floresta. A senhora grita:

– Fale comigo.

– Mais seis minutos – diz a menina. – Feche os olhos.

O auge do barulho se aproximando, a carga da morte, as barrigas cheias de bombas, lisas, prontas para se abrir.

– Eles estão aqui. Feche os olhos.

A menina olha para suas mãozinhas magras sobre o gato. Elas tremem como as paredes, as vidraças, o ar, as torres, as árvores da floresta. A senhora grita: – Venha.

Ainda estão passando. Eles estão lá um pouco depois do que a menina disse. No auge do barulho, brutalmente, um outro barulho. O das pontas afiadas dos canhões antiaéreos.

Nada cai do céu, nenhuma queda, nenhum clamor. A massa intacta da esquadrilha desliza pelo céu.

– Para onde estão indo? grita a senhora.

– Berlim, diz a menina.

– Venha.

A menina atravessa o quarto escuro. A senhora, aqui está ela. Aqui está claro. Ali, sem janela, sem abertura para o exterior, é o fim do corredor, a porta da frente, é por ali que eles devem chegar. Uma lâmpada pendurada na parede ilumina a guerra. A senhora está ali para acompanhar a vida da criança. Ela apoiou seu tricô sobre os joelhos. Não se ouve mais nada, a não ser, ao longe, o comando dos canhões. A menina se senta aos pés da senhora, ela diz: "O gato matou uma borboleta."

A senhora e a menina ficam abraçadas por muito tempo chorando e caladas, alegremente, como todas as noites. A senhora diz: "Chorei de novo, todos os dias choro pelo admirável erro da vida."

Elas riem. A senhora acaricia as madeixas de seda, os cachos pretos. O barulho se afasta mais. A menina diz: "Atravessaram o Reno."

Há apenas o som das rajadas de vento na floresta. A senhora esqueceu:

– Onde eles estão indo?

– Berlim, diz a criança.

– É verdade, é verdade...

Elas riem. A senhora pergunta:

– O que vai ser de nós?

– Vamos morrer, diz a criança, você vai nos matar.

– Sim – diz a senhora, ela para de rir –, você está com frio.

Ela toca o braço.

A menina não responde à senhora, ela ri. Diz:

– O gato, eu o chamo de Aranacha.

– Aranachacha – , repete a senhora.

A menina ri muito alto. A senhora ri com ela e então fecha os olhos e toca o pequeno corpo.

– Você está magra – diz a senhora –, seus ossinhos sob a pele.

A menina ri de tudo que a senhora diz. Muitas vezes, de noite, a menina ri de tudo que acontece.

E então elas começam a cantar a canção judaica. Depois a senhora diz: "Exceto por esse pequeno retângulo de algodão branco costurado dentro do seu vestido, não sabemos nada sobre você. Havia as letras A.S. e uma data de nascimento. Você tem sete anos."

A menina escuta o silêncio. Ela diz: "Eles chegaram acima de Berlim", ela espera, "aí está."

Ela rejeita brutalmente a senhora, bate nela, depois se levanta e vai embora. Atravessa os corredores, não esbarra em nada. A senhora a escuta cantar.

Os canhões antiaéreos novamente contra o aço das fuselagens azuis. A menina chama a senhora: "Missão cumprida", diz a menina. "Estão voltando."

O barulho aumenta, ordenado, longo, um fluxo contínuo. Menos pesado do que na ida.

– Nenhum foi atingido – diz a menina.

– Quantas mortes? – pergunta a senhora.

– Cinquenta mil – diz a menina.

A senhora aplaude.

– Que felicidade – diz a senhora.

– Eles passaram pela floresta – diz a menina – estão indo em direção ao mar.

– Que felicidade, que felicidade – diz a senhora.

– Ouça – diz a menina – eles vão cruzar o mar.

Elas esperam.

– Aí está – diz a menina – cruzaram o mar.

A senhora está falando sozinha. Diz que todas as crianças

vão ser mortas. A menina ri. Ela diz ao gato: "Ela está chorando. Faz isso para que eu venha. Ela tem medo."

A menina se olha no espelho e fala consigo mesma: "Sou judia", diz a menina, "judia."

A menina se aproxima do espelho e se olha: "Minha mãe tinha um negócio na rua des Rosiers em Paris."

Ela aponta para o corredor: "Foi ela que me disse.

A menina fala com o gato, ela fala.

– Às vezes tenho vontade de morrer – diz a menina, acrescenta. – Meu pai, acredito que era um viajante, ele era da Síria.

Do fundo do espaço, lá fora, recomeça o rumor. A menina grita: "Estão voltando."

A senhora ouviu a segunda carga de morte. Elas esperam.

– Para onde desta vez?

A menina fecha os olhos para ouvir melhor. Ela diz: "Para Düsseldorf."

A menina escondeu a cabeça nas mãos, está com medo. Ao longe, a senhora do corredor recita a lista das cidades do Palatinado, pede a Deus o massacre das populações alemãs.

– Estou com medo – diz a menina.

A senhora não ouviu.

O gato se foi, está nos corredores escuros, onde o barulho é menor.

– Estou com medo – repete a menina.

– São muitos? – pergunta a senhora.

– Mil – diz a menina. – Estão aqui.

É isso, eles alcançaram a floresta. Eles passam. A eletricidade desliga.

– Gostaria que caíssem – grita a menina –, gostaria que acabasse.

A senhora grita para a menina se calar, que é vergonhoso.

A senhora reza, ela recita, em voz muito alta, de louca, uma oração aprendida na infância. E então, de repente, a criança grita no escuro: "A floresta."

De repente, o fim do mundo, o barulho enorme de colisão, o estrondo, o clamor e depois o incêndio, a luz.

Acima, a esquadrilha avança.

O avião abatido é abandonado.

A menina levanta a cortina e olha para o fogo. Não está longe da torre.

A menina está procurando a forma do aviador inglês. A senhora grita no escuro: "Venha, venha comigo."

A menina vai.

– É um avião inglês, caiu bem ali – diz a menina.

Ela diz que a floresta está queimando, bem ali, ao pé da torre, um pouco antes. Tudo está deserto, exceto pelo fogo.

A menina gostaria de ir ver o avião caído. A senhora diz que não quer ver isso, uma coisa dessas. A menina insiste, diz que o aviador morreu, que não, é apenas fogo, venha.

A senhora está chorando, diz que não vale a pena.

Se eu soubesse, enfim, não vamos falar mais sobre isso, já que nada tenho contra essa menina... nada... teria preferido que fossem os judeus que cuidassem dela, e mais jovens... mas como?... Partir as duas, na noite, um trem de treze vagões, mas partir para onde? E como provar que ela é filha deles? Como?... Se eles voltarem, disserem que sim, por que não?... A menina está crescendo muito rápido, dizem que é a falta de comida... Sete anos, segundo o pequeno retângulo branco do tricô...

A menina ouve a senhora. Às vezes cai na gargalhada e a senhora acorda. Ela pergunta o que é, quem falou e para onde foram.

– Mannheim – diz a menina –, ou Frankfurt, ou mesmo Munique, ou Leipzig, ou Berlim – ela para –, ou mesmo Nijmegen. A senhora diz que ama essa menina, muito. Depois se cala. Depois, diz mais uma vez que a ama e muito. A menina a sacode suavemente. Ela diz:

– Então ela subiu correndo, carregando uma garotinha?

– É isso.

– Quem?

– Sua mãe – disse a senhora.

– Pegue a pequena, tenho uma coisa urgente para fazer – diz a menina.

– É isso, tenho uma coisa urgente para fazer, volto em dez minutos.

– Barulho nas escadas?

– Sim. A polícia alemã.

– Depois mais nada?

– Mais nada.

– Nunca, nunca?

– Nunca.

A menina coloca a cabeça no colo da senhora para que a senhora acaricie seu cabelo.

A senhora acaricia o cabelo da menina como ela deseja, fortemente, e conta a ela sobre sua própria vida. Então sua mão para. Ela pergunta:

– Então, onde está aquela gente?

– Liège – diz a menina –, estão voltando para casa.

A menina pergunta à senhora: "Aquele que morreu, quem foi?"

A senhora conta a história de um aviador inglês.

A menina abraça a senhora. A senhora reclama.

– Beije-me, beije-me – diz a menina.

A senhora faz um esforço e acaricia o cabelo da menina, depois o sono é mais forte. De bairro a bairro, na cidade as sirenes do fim do alerta.

– Diga-me o nome dele – diz a menina.

– Nome de quem? – pergunta a senhora.

– De quem você quiser.

– Steiner – diz a senhora. – Era o que a polícia gritava. O gato. Ele volta de um quarto lateral.

– Eles voltaram – diz a menina –, eles vão cruzar o mar.

A menina começa a acariciar o gato, primeiro distraidamente, depois mais e mais forte. Ela diz: "Ele comeu uma mosca também."

A senhora está escutando. Ela diz:

– Não ouvimos eles voltando.

– Eles passaram pelo Norte –, diz a menina.

Já nas janelas, o dia. Ele penetra no corredor da guerra.

O gato está deitado de costas, ronronando com o desejo louco de Aurélia. Aurélia se deita contra o gato. Ela diz: "Ela se chamava Steiner, a minha mãe."

Aurélia encosta a cabeça na barriga do gato. A barriga está quente, contém o ronronar do gato, vasto, um continente enterrado.

– Steiner Aurélia. Como eu.

Sempre este quarto onde escrevo a você. Hoje, atrás das janelas, estava a floresta e o vento havia chegado.

As rosas estão mortas naquele outro país do Norte, rosa por rosa, levadas pelo inverno.

É noite. Agora não consigo mais ver as palavras traçadas. Não consigo ver mais nada além da minha mão imóvel, que parou de escrever para você. Mas, pelo vidro da janela, o céu ainda está azul. O azul dos olhos de Aurélia teria sido mais escuro, veja você, especialmente à noite, então teria perdido sua cor para tornar-se escuridão límpida e sem fundo.

Meu nome é Aurélia Steiner.
Moro em Paris, onde meus pais são professores.
Tenho dezoito anos.
Escrevo.

POSFÁCIO

POSFÁCIO

AS DORES DA MEMÓRIA

Laura Mascaro

Na obra literária de Marguerite Duras, composta fundamentalmente de romances, roteiros de cinema e peças de teatro, *A dor* ocupa um lugar à parte. Trata-se de uma obra de teor testemunhal, que teria vindo a público quase que acidentalmente quando Duras encontrou, nos armários azuis de sua casa em Neauphle-le-Château, os cadernos que contêm as primeiras versões de alguns textos redigidos por ela na Segunda Guerra Mundial, durante a ocupação nazista da França, e logo após a liberação. Publicado em 1985, *A dor* é uma coletânea de seis textos que tratam principalmente da experiência da autora durante aquele período, conjugando drama histórico e sofrimento pessoal.

Duras publica *A dor* após ganhar o prêmio Goncourt por *L'amant* [*O amante*]. A demanda social por testemunhos do período da guerra se reavivava desde o começo dos anos 1980 com a extradição e indiciamento de Klaus Barbie,[1] o "açougueiro de Lyon", e se desenvolvia a sociabilidade da lembrança entre as

---

1 Klaus Barbie (1913-1991) foi um oficial nazista que ficou conhecido pela brutalidade com a qual torturava presos durante a ocupação da França pela Alemanha durante a Segunda Guerra Mundial. Foi extraditado para França em 1983. (N.E.)

gerações de pais deportados, seus filhos e seus netos. A partir de 1985, alguns testemunhos de sobreviventes, dentre os quais podemos situar a obra de Duras, são publicados pela primeira vez, e outros também são republicados.

Nesse contexto, o discurso memorial começa a se diversificar na França, marcado por grandes tensões políticas nesse campo, e rompe com o monopólio do discurso gaullista.[2] Uma das rupturas provocadas pelo livro de Duras é com uma memória fixa que, por conta de seu temor ao esquecimento, acaba por gerar um discurso memorial acabado, que busca a unanimidade e a construção de um passado sem fissuras. *A dor* é marcado pelas fraturas do tempo, as descontinuidades e as variadas formas da tragédia humana que são característicos de uma memória viva e mutável.

Gênese dos textos

É importante esclarecer que os textos que compõem *A dor* não foram escritos na mesma época. O estudo dos manuscritos confirma que uma primeira versão de "La douleur" – assim como dos textos "Albert des Capitales" e "Ter, o miliciano" – foi escrita logo após o fim da guerra, provavelmente entre 1945 e 1949.

---

2   Charles de Gaulle (1890-1970) dirigia um governo no exílio – a França Livre – na época da libertação da França do domínio nazista, em 1944, insistindo que a França deveria ser tratada como uma potência independente pelos outros aliados. Após a libertação, tornou-se primeiro-ministro do Governo Provisório Francês (de 1944 a 1946) e proferiu uma série de discursos, à época, que focavam na comemoração pelo sucesso do Estado francês, em detrimento da rememoração das vítimas da guerra e da ocupação.

A ficção "A urtiga partida" também teria sido concebida pouco após a guerra. "Senhor X. conhecido aqui como Pierre Rabier", por sua vez, teria seu primeiro esboço em 1958, sendo finalmente redigido em 1984 ou 1985 para a publicação do livro. A datação de "Aurélia Paris" é uma tarefa mais complicada: a versão publicada teria sido redigida em 1984, embora haja versões com narrativas semelhantes anteriores.[3]

O texto *A dor* é envolto em uma aura de mistério reforçada pelo elemento do esquecimento e da redescoberta, reavivando o topos do manuscrito encontrado. Sob o aspecto formal, possui as características de um diário; no entanto, os cadernos originais[4] não teriam sido escritos à época dos acontecimentos, mas sim *a posteriori*. O texto publicado parte da reescritura e reordenamento de três cadernos distintos, dos quais dois constituem o diário ao qual a autora se refere: "Eu encontrei este diário nos dois cadernos dos armários azuis de Neauphle-le-Château". Podemos ainda citar o fato de que essa recomposição posterior é realizada em vista de um desfecho conhecido: "Ele não morreu no campo de concentração." (p. 70).

A escritora e narradora de *A dor* empreende um esforço de pensar o presente vivenciado, esforço esse que, muito provavelmente, não foi possível para a própria Duras no curso dos acontecimentos, uma vez que a dor se apropriava do espaço do pensamento. A solução encontrada por Duras foi a de escrever *après coup*, mas narrar no tempo presente dos acontecimentos a

---

3   S. Bogaert, *La douleur*. Notice, in: Duras, M, Œuvres complètes, Paris: Gallimard, 2014. v. 4, p. 1328.

4   Os cadernos escritos por Duras na época fazem parte de seu acervo pessoal, que está guardado no Institute Mémoires de l'édition contemporaine (Imec), na Normandia, França. (N.E.)

serem contados e compreendidos, rejuvenescendo o passado por meio de sua presentificação na narrativa.

"A dor é uma das coisas mais importantes da minha vida."

Logo no preâmbulo do primeiro texto, que empresta o título ao livro, a autora escreve: "A dor é uma das coisas mais importantes da minha vida" (p. 12), referindo-se aqui não apenas ao sentimento que é uma marca de sua literatura, como também ao texto. A dimensão do escrever e do viver estão irremediavelmente vinculadas, sendo a escritura uma forma de vida, e a vida a fonte primordial da escritura: "Eu descobri que o livro seria eu. O único tema do livro é a escritura. A escritura sou eu. Então eu sou o livro".[5]

A obra procura produzir um sentido a partir da vivência de eventos históricos que criaram um hiato no pensamento humano e na própria compreensão do que é o humano. Tratam-se das experiências do século XX, em particular o totalitarismo e a *Shoah*. Uma nova forma de pensar o ser humano e sua relação com o mundo tornou-se uma tarefa premente a diversos campos do conhecimento – das ciências à literatura.

Diante desses acontecimentos que atravessaram sua vida, Duras reagiu não como aqueles considerados como grandes protagonistas pela historiografia, mas como alguém cujo destino foi determinado pela política e pela história. Seu marido, Robert

---

5 M. Duras, 1984, apud C. Blot-Labarrère, *Marguerite Duras,* Paris: Éditions du Seuil, 1992, p. 255.

Antelme, foi preso e deportado para um campo de concentração na Alemanha por sua atuação no movimento de resistência francesa, o que acarretou uma suspensão no curso existencial da escritora. O fio que supostamente liga os seis textos de *A dor* seria seu referente temporal e *eventual*, o que evidencia o título inicialmente conferido à obra: *La guerre [A guerra]*.

O primeiro texto é o mais longo e talvez o mais arrebatador. Trata-se de um relato aparentemente escrito enquanto Duras esperava por seu marido deportado e no momento de seu retorno em deploráveis condições. Os outros textos também trazem narrativas ambientadas neste contexto: o do movimento de resistência francês à ocupação nazista – mais particularmente, o Movimento Nacional dos Prisioneiros de Guerra e Deportados –, da Liberação da França, e, ao fim da guerra, da *Justice de l'épuration* [Justiça de purificaçã].

Estamos diante de uma obra de forte teor testemunhal que transita entre a literatura de gênero diarístico, a autobiografia, a autoficção e mesmo de expresso caráter ficcional. A ordem dos textos imprime uma progressão da escrita mais autobiográfica à mais ficcional. A literatura de testemunho, mais do que um gênero, seria uma face da literatura que vem à tona em época de catástrofes – cada vez mais presentes e constantes, como diagnosticou Walter Benjamin – e que compele à revisão da história da literatura a partir do questionamento de sua relação e compromisso com o real.[6]

Nesse sentido, observa-se em diversos campos do conhecimento o aumento da importância do registro da memória, que

---

6 M. Seligmann-Silva, "Apresentação da questão", in M. Seligmann-Silva (org.), *História, memória, literatura: O testemunho na era das catástrofes*, Campinas: Editora Unicamp, 2003, p. 46.

capta o caráter fragmentário dos eventos e sua dimensão humana. A esse registro não caberia mais a tradução integral do passado, nem sua denominação. Aliás, a relação desse passado histórico com o trauma fez com que este não mais pudesse ser encarado como um objeto sujeito à dominação, mas, antes, percebeu-se que a dominação era recíproca, sendo impossível e indesejável conhecer totalmente o passado. O desafio enfrentado pela literatura, em especial a literatura de teor testemunhal, é dar limites e forma àquilo que, no ato de sua recepção, resistiu a qualquer simbolização, mas que ficou inscrito na mente e no corpo como uma ferida.

A dor levanta ainda a questão da legitimidade de se testemunhar no lugar do outro, que remonta a um momento no qual os sobreviventes dos campos de concentração questionavam-se acerca de sua legitimidade para testemunhar no lugar dos mortos, já que seria impossível testemunhar a própria morte. A indagação ressurge quando iniciam-se os testemunhos de segunda geração, ou seja, aqueles que não vivenciaram diretamente os eventos começam a escrever testemunhos indiretos em que a própria posição de enunciação é ficcional.[7]

Duras enfrenta essa questão diretamente no preâmbulo de um texto que viria a compor *A dor*, intitulado "Pas mort en déportation" (depois publicado em *Outside*, 1981). Ele foi publicado pela primeira vez anonimamente em 1976, na revista *Sorcières*, cujo propósito era dar voz às mulheres para que pudessem exprimir sua criatividade, sua especificidade, e sua força. O texto fora publicado anonimamente porque a escritora não acreditava ter legitimidade para testemunhar o horror de seu

---

7 M. Bornand, *Témoignage et fiction: les récits de rescapés dans la littérature de langue française*, 1945-2000, [S. l.]: Librairie Droz, 2004, p. 67-70.

tempo, uma vez que havia sobrevivido a ele. Não obstante, ela resolveu divulgar a autoria do texto quando finalmente deu-se conta de que esta suposta ilegitimidade não o furtava de seu alcance geral: "Agora, ouso dizer que fui eu quem escrevi este texto. Acredito que posso dizê-lo sem tirar nada da generalidade do texto; do alcance universal do que ele diz."[8]

Uma das dimensões gerais do texto está relacionada a outra perspectiva da guerra, a qual Duras teria legitimidade para assumir e que não fora muito explorada pela literatura posterior à *Shoah*: "Não falamos suficientemente do tédio da guerra, as mulheres por trás das cortinas fechadas observam o inimigo que marcha sobre a praça. Aqui a aventura se limita ao patriotismo".[9] Uma maneira de analisar o diário de Duras é traçar um paralelo com o mito de Ulisses, mas contado sob a perspectiva de uma Penélope que aguarda a volta de seu marido: "[...] só que ainda estamos esperando, por uma espera de todos os tempos, de mulheres de todos os tempos, de todos os lugares do mundo: a dos homens que voltam da guerra" (p. 50).

Em outros textos, encontramos situações que extrapolam as experiências vivenciadas diretamente pela autora, especialmente "Aurélia Paris", em que Duras pretende testemunhar a tragédia judaica que não foi vivenciada diretamente por ela, mas que a afetou de forma intensa. Aurélia Steiner, assim como outros de seus personagens judeus, é a porta-voz dessa tragédia. O amor pela pequena judia legitima a autora a encarná-la, escrevendo em seu nome. A própria autora costumava reconhecer: "Eu poderia ter portado a estrela amarela".

---

8 M. Duras. *Outside: Le rêve heureux du crime*, in M. Duras, Œuvres complètes, Paris: Gallimard, 2014. v. 3, p. 1089.

9 M. Duras, *Hiroshima mon amour*, Paris: Gallimard, 1972, p. 109.

Observamos, inicialmente, que do primeiro ao último texto Duras vai se distanciando cada vez mais de sua própria perspectiva dos acontecimentos e aproximando-se da perspectiva do outro, em um esforço representativo de diversos pontos de vista, inclusive o do algoz. Duras escreve "por causa dessa oportunidade que tenho de me envolver de todo, em tudo, essa oportunidade de estar no campo da guerra, no alargamento dessa reflexão [...]."[10]

Justiça de purificação

Após a liberação da França do regime nazista, a França passou por um processo de transição conhecido como *Justice de l'épuration* [Justiça de purificação], no qual, estima-se, dez mil pessoas foram mortas, seja por execuções sumárias, seja por execuções judiciais. Nesse movimento de transição, membros do regime francês alinhados ao nazismo e demais colaboracionistas foram perseguidos e punidos de forma violenta, até com linchamentos e humilhação, como no caso das mulheres que tiveram relações amorosas com nazistas ou colaboracionistas. Marguerite Duras vivenciou diretamente esse momento, tendo participado do julgamento de colaboracionistas e, supostamente, também de sua tortura. Os textos "Monsieur X. conhecido aqui como Pierre Rabier", "Ter, o miliciano" e "Albert des Capitales" são ambientados nesse contexto e escritos a partir dessas vivências.

A Justiça de purificação foi um processo transicional longo e tumultuoso, que contribuiu, por um lado, para oferecer à po-

---

10 M. Duras. *Écrire*, Paris: Éditions Gallimard, 1993, p. 98.

pulação afetada pela violência da guerra uma "válvula de escape", castigando os traidores, e, por outro, para renovar as elites, legitimar o novo poder e reconstruir o Estado democrático de direito.[11] O retrato da Justiça de purificação pintado por Duras não agradou parte da crítica – "Encontrou-se alguém em *La quinzaine littéraire*, para me repreender por tê-lo escrito. O argumento era que na época de Le Pen, não é preciso lembrar que torturamos um homem."[12] Duras traz à tona um passado que até hoje é percebido na França como tabu, descrevendo o processo de justiça de transição francês como o de uma justiça hetáirica, que tinha a revanche como principal elemento da pena e era aplicada de forma violenta.

Outra crítica realizada pela obra se dirige ao estabelecimento de uma verdade pública dominante e juridicamente incontestável. Por um lado, *A dor* evidencia a incapacidade de os procedimentos da Justiça de purificação escaparem ao ciclo retributivo de vingança, falhando em compreender a complexidade e as contradições da guerra. Por outro, em diversos textos cita discursos oficiais produtores de verdades de Estado utilitárias, apressados em chegar a uma conclusão, em produzir o "efeito de verdade":

> No dia 3 de abril, De Gaulle disse essas frases lamentáveis: "Os dias de choro acabaram. Os dias de glória voltaram. Nunca iremos perdoar" […] De Gaulle não fala dos campos de concentração, é impressionante até que ponto ele não fala sobre eles, até que

---

11 D. Salas, "La transition démocratique française après la Seconde Guerre Mondiale", in Association Française pour l'histoire de la justice (ed.), *La Justice de l'épuration à la fin de la Seconde Guerre Mondiale*, Paris: La Documentation Française, 2008, p. 7-8.

12 M. Duras, op. cit., 2014, p. 786.

ponto ele está obviamente relutante em integrar a dor do povo na vitória, por medo de enfraquecer seu próprio papel, De Gaulle, de diminuir sua importância. (p. 38).

De Gaulle, até os anos de 1970, teria gozado do monopólio sobre a memória da guerra, que era caracterizada pela comemoração dos combatentes em detrimento dos milhões de mortos que não combateram, e pelo esquecimento da tragédia judaica. Os discursos do general de Gaulle estariam inseridos no âmbito da comemoração de Estado, que "comporta uma parte voluntária de esquecimento, de ocultação".[13] Fica claro que a injustiça sofrida pelos oprimidos e aniquilados não é dissimulada somente pelos responsáveis diretos pela opressão, mas também por aqueles identificados como vencedores da história. Assim, a essa injustiça "se une a eliminação das pegadas que podem recordá-los."[14]

São essas fissuras na versão dominante da história e verdade de Estado que Duras tenta captar em seus textos, mostrando: o corpo em deterioração oferecido em sacrifício pela ideia de progresso baseada na supremacia de uma raça; o corpo torturado na justiça que buscava a purificação da sociedade; o avião abatido e a criança abandonada; a urtiga partida; o dedo decepado; e mesmo seu sacrifício pessoal em nome do movimento de resistência do qual, em última instância, se apropriariam os poderosos.

---

13 M. Bornand,, op. cit., p. 42.

14 J. A. Zamora, "Tiempo, memoria e interrupción revolucionária: sobre la actualidad de W. Benjamin", in B. Assy et al (coord.), *Direitos humanos: justiça, verdade e memória*, Rio de Janeiro: Ed. Lumen Juris, 2012, p. 108.

A cripta

Em sua biografia de Marguerite Duras,[15] Laure Adler trata do nascimento e da morte do filho da escritora durante a guerra como uma experiência bastante traumática e violenta, que se manifestará de maneira discreta em sua obra, mas a assombrará por toda vida. A trágica morte de seu bebê tem o peso da catástrofe da guerra e do terror do totalitarismo, sendo que a autora reputa esse acontecimento à própria guerra e não a causas naturais. Essa morte simboliza o colapso do mundo como a autora o conhecia.

Duras menciona brevemente o incidente da perda de seu filho em *A dor* – "Quanto a mim, a criança que tive com Robert L. foi morta ao nascer – também da guerra – os médicos raramente saíam à noite durante a guerra, eles não tinham gasolina suficiente. Portanto, estou sozinha." (p. 29). Essa menção aparece como uma pequena lápide textual que marca uma ausência, um segredo.

O texto que trata desse episódio, "L'horreur d'un pareil amour" ["O horror de um tal amor", publicado a seguir, nesta edição], foi publicado à parte, também na revista *Sorcières*, embora tenha sido escrito na mesma época de "A dor", no Cahier beige [Caderno bege]. Nele, Duras narra a morte de seu filho no nascimento, em maio de 1942. O texto não menciona o nome do bebê – que, ao que tudo indica, nem chegou a ganhar um nome – e conta que ele não teve uma sepultura. Sua sepultura, vazia, é o próprio ventre de Marguerite, o que traz a imagem trágica de uma falta atroz.

---

15 L. Adler, *Marguerite Duras*, Paris: Gallimard, 1998, p. 150-151.

É possível pensar que *A dor* constitui um diário de luto, mas de um luto impossível, seja porque Robert L. – aquele sobre quem se fala – não tenha morrido nos campos de concentração, seja porque é ausente a imagem e a cripta do filho morto da autora, ou mesmo porque, igualmente, carecem de sepultura os milhões de mortos nos campos de concentração, cujas mortes também não tiveram testemunhas diretas.

Em alguns cadernos de *A dor*, um dos elementos que nos fala em voz alta são os desenhos infantis que cobrem as folhas e se intercalam com os textos. Os desenhos foram dispensados quando o diário tornou-se texto impresso, no qual impera, antes de tudo, a autoridade do verbo, a que frequentemente se submete a publicação de muitos diários. Os desenhos são provavelmente do filho de Duras e Dionys Mascolo, Jean,[16] que nasceu pouco depois da guerra, em 1947. Esses rabiscos indicam que a autora já conhecia um futuro em que a guerra não mais dominava todos os aspectos de sua vida, com a presença de um desejado filho, ao mesmo tempo em que já sabia que, embora Robert Antelme tivesse retornado com vida do campo de concentração, esse futuro não seria partilhado com ele.

***

Laura Mascaro é graduada em Direito, mestre pelo departamento de Filosofia e Teoria geral do Direito da Faculdade de Direito da Universidade de São Paulo (USP) e doutora

---

16 Jean Mascolo vive atualmente em Paris e é responsável pelos direitos da obra de Duras. (N.E.)

em Literatura Francesa pela Faculdade de Filosofia, Letras e Ciências Humanas da USP, com período sanduíche na Université Paris III – Sorbonne Nouvelle. Sua tese de doutorado, "Memória e verdade em *La Douleur* de Marguerite Duras", foi indicada para os prêmios Tese Destaque USP 2018 e Capes Tese 2018. Atualmente é professora universitária, pesquisadora, e atua como consultora em direitos humanos.

O HORROR DE UM TAL AMOR

Marguerite Duras

Me disseram: "seu filho está morto." Foi uma hora depois do parto. A madre superiora foi abrir as cortinas, o dia de maio entrou no quarto. Percebi quando a criança passou diante de mim, no colo da enfermeira. Eu não a tinha visto. No dia seguinte, eu perguntei: "Como ele era?" Me disseram: "Ele é loiro, um pouco arruivado, tem as sobrancelhas altas como você, se parece com você." "Ele ainda está aqui?" "Sim, está aqui até amanhã." "Ele está frio?" R. me respondeu: "Eu não o toquei, mas deve estar. Está muito pálido." Então ele hesitou e disse: "Ele é bonito, deve ser também por causa da morte." Eu pedi para vê-lo. R. me disse não. Eu pedi à madre superiora, ela me disse não, que não valia a pena. Me explicaram onde ele estava, à esquerda da sala de parto. Eu não podia me mover. Meu coração estava muito cansado, estava deitada de costas. Não me movia. "Como é a boca dele?" "Ele tem a sua boca", dizia R. E todas as horas: "Ele ainda está aqui?" Diziam: "Eu não sei." Eu não podia ler. Olhava para a janela aberta, a folhagem das acácias que cresciam sobre os aterros ferroviários da linha que contornava a clínica. Fazia muito calor. Uma noite, a irmã Marguerite estava de guarda. Eu perguntei: "O que faremos?" Ela disse: "Não quero nada além de ficar ao seu lado, mas é preciso dormir, todo mundo está dormindo." "Você é mais gentil do que a sua superiora. Vai pegar meu filho para mim. Me deixa um momento com ele." Ela grita: "Você não está falando sério?" "Sim. Eu queria tê-lo perto de mim por uma hora. Ele é meu." "É impossível, ele está morto, eu não posso te dar seu filho morto." "Eu queria vê-lo e tocá-lo. Dez minutos." "Não há nada que se possa fazer, eu não vou." "Por quê?" "Te faria chorar, você ficaria doente, é melhor não vê-los nesse caso, eu tenho experiência." É o dia seguinte, por insistência, me disseram para me fazer calar: eles são queimados. Era entre 15 e 31 de maio de 1942. Eu disse a R.: "Eu não quero mais visitas, só você." Deitada sempre de costas, face às acácias. A pele do meu ventre colava em minhas costas de tanto que eu estava vazia. A criança havia saído. Não estávamos mais juntos. Ele havia morrido de uma morte separada. Fazia uma hora, um dia, oito dias; morto à parte, morto de uma vida que havíamos vivido nove meses juntos e da qual ele acabava de sair separadamente. Meu ventre caiu estrondosamente sobre si próprio, um lençol usado, um trapo, um pano mortuário, uma laje, uma porta, nada além desse ventre. Ele carregou essa criança, contudo, e foi no calor viscoso e aveludado de sua carne que esse fruto marinho crescera. O dia o havia matado. Ele tinha sido ferido de morte pela solidão no espaço. As pessoas diziam: "Não foi tão terrível no nascimento, é melhor assim." Foi terrível? Creio que sim. Precisamente, isso: essa coincidência entre sua vinda ao mundo e sua morte. Nada. Não me restava nada. Esse vazio era terrível. Eu não tinha tido um filho, sequer por uma hora. Obrigada a imaginar tudo. Imóvel, eu imaginava.

Esse que está aqui agora e que dorme, esse, agora mesmo, riu. Ele riu de uma girafa que acabávamos de lhe dar. Ele riu e isso fez o barulho de um riso. Estava ventando e uma pequena parte do barulho desse riso chegou a mim. Então eu levantei um pouco a cobertura do seu carrinho, e lhe devolvi sua girafa para que ele risse novamente e engolfei minha cabeça na capota para captar todo o barulho do riso. Da risada do meu filho. Eu coloquei minha orelha contra a concha e escutei o barulho do mar. A ideia de que esse riso se dispersou no vento era insuportável. Eu o peguei. Fui eu que o tive. Às vezes quando ele boceja, eu respiro sua boca, o ar de seu bocejo. "Se ele morrer, eu terei tido esse riso." Eu sei que isso pode morrer. Mensuro todo o horror de um tal amor.

***

Tradução de Laura Mascaro do original "L'horreur d'un pareil amour", de Marguerite Duras, publicado na revista *Sorcières. Les femmes vivent*, n° 4, 1976, p. 31. O texto foi publicado novamente em M. Duras. *Outside*. Paris: Albin Michel, 1981.

OBRAS DE MARGUERITE DURAS

Les impudents. Paris: Plon, 1943.

La vie tranquille. Paris: Gallimard, 1944.

Un barrage contre le Pacifique. Paris: Gallimard, 1950.
[Ed. bras.: *Uma barragem contra o pacífico.* São Paulo: Saraiva Didático, 2003.]

Le marin de Gibraltar. Paris: Gallimard, 1952.

Les petits chevaux de Tarquinia. Paris: Gallimard, 1953.

Des journées entières dans les arbres. Paris: Gallimard, 1954.

Le square. Paris: Gallimard, 1955.

Moderato Cantabile. Paris: Éditions de Minuit, 1958.
[Ed. bras.: *Moderato Cantabile.* Belo Horizonte: Relicário, 2022.]

Les viaducs de la Seine-et-Oise. Paris: Gallimard, 1960.

Dix heures et demie du soir en été. Paris: Gallimard, 1960.

Hiroshima mon amour. Paris: Gallimard, 1960.
[Ed. bras.: *Hiroshima meu amor.* Belo Horizonte: Relicário, 2022.]

Une aussi longue absence. Paris: Gallimard, 1961.

L'après-midi de Monsieur Andesmas. Paris: Gallimard, 1962.

Le ravissement de Lol V. Stein. Paris: Gallimard, 1964.
[Ed. bras.: *O deslumbramento.* Rio de Janeiro: Nova Fronteira, 1986.]

Théâtre I: les Eaux et Forêts — Le square — La musica. Paris: Gallimard, 1965.

Le Vice-Consul. Paris: Gallimard, 1965.

L'amante anglaise. Paris: Gallimard, 1967.

Théâtre II: Suzanna Andler — Des journées entières dans les arbres — Yes, peut-être — Le Shaga — Un homme est venu me voir. Paris: Gallimard, 1968.

Détruire, dit-elle. Paris: Éditions de Minuit, 1969.

Abahn Sabana David. Paris: Gallimard, 1970.

L'amour. Paris: Gallimard, 1971.

India song. Paris: Gallimard, 1973.

Nathalie Granger (suivi de) *La Femme du Gange.* Paris: Gallimard, 1973.

Les parleuses (entrevistas com Xavière Gauthoer). Paris: Éditions de Minuit, 1974.

Le camion (entrevista com Michelle Porte). Paris: Éditions de Minuit, 1977.

Les lieux de Marguerite Duras. Paris: Éditions de Minuit, 1977.

Éden cinéma. Paris: Mercure de France, 1977.

Le Navire Night (les mains négatives). Paris: Mercure de France, 1979.

Vera Baxter ou les plages de l'Atlantique. Paris: Albatros, 1980.

L'Homme assis dans le couloir. Paris: Éditions de Minuit, 1980.
[Ed. bras.: *O homem sentado no corredor/O homem atlântico.* Rio de Janeiro: Record, 2007.]

L'été 80. Paris: Éditions de Minuit, 1980.

Les yeux verts, Paris: Cahiers du cinéma, 1980.

Agatha. Paris: Éditions de Minuit, 1981.
[Ed. bras.: *Agatha.* Rio de Janeiro: Record, 2013.]

Outside. Paris: P.O.L., 1981.
[Ed. bras.: *Agatha.* Rio de Janeiro: Record, 2013.]

L'homme atlantique. Paris: Éditions de Minuit, 1982.
[Ed. bras.: *O homem sentado no corredor/O homem atlântico.* Rio de Janeiro: Record, 2007.]

Savannah Bay. Paris: Éditions de Minuit, 1982.

La Maladie de la mort. Paris: Éditions de Minuit, 1982.
[Ed. bras.: *O homem sentado no corredor. A doença da morte.* São Paulo: Cosac & Naify, 2007.]

Théâtre III: La Bête dans la jungle — Les papiers d'Aspern — La danse de mort. Paris: Gallimard, 1984.

L'amant. Paris: Éditions de Minuit, 1984
[Ed. bras.: *O amante.* São Paulo: TusQuets Editores, 2020.]

La musica deuxième. Paris: Gallimard, 1985.

[Ed. bras.: *La musica e La musica segunda.* São Paulo: Temporal, 2022.]

La douleur. Paris: P.O.L., 1985.

Les yeux bleus cheveux noirs. Paris: Éditions de Minuit, 1986.

La pute de la côte normande. Paris: Éditions de Minuit, 1986.

Emily L. Paris: Éditions de Minuit, 1987.

La vie matérielle. Paris: P.O.L., 1987.

La pluie d'été. Paris: P.O.L., 1990.

L'amant de la Chine du Nord. Paris: Gallimard, 1991.

Yann Andréa Steiner. Paris: P.O.L., 1992.

Le monde extérieur – Outside 2. Paris: P.O.L., 1993.

Écrire. Paris: Gallimard, 1993.

[Ed. bras.: *Escrever.* Belo Horizonte: Relicário, 2021.]

C'est tout. Paris: P.O.L., 1995.

Póstumas

La mer écrite. Paris: Marval, 1996.

Le bureau de poste de la rue Dupin et autres entretiens (com François Mitterrand). Paris: Gallimard, 2006.

Cahiers de la guerre et autres textes. Paris: P.O.L., 2006.

A seguir, capa e páginas manuscritas do *Cahier de 100 pages*
[Caderno de 100 páginas], diário onde Duras anotou
os eventos que deram origem ao livro *A dor.*

Fundo Marguerite Duras / Imec
(Institut Mémoires de l'édition contemporaine).

CAHIER
100 PAGES

Dimanche 29 avril 1945 — Dionys a dormi au salon. Je me réveille. Maïs
encore téléphone cette nuit. Il faut que j'aille voir Mme Bords. Je me fais
un café et je prends un cachet de cryogène. La tête me tourne et j'ai
envie de vomir. Ça va aller mieux. Le matin après le café et le
cryogène, ça se passe. Je vais au salon. C'est Dimanche il n'y a pas de
courrier. D. me demande où je vais. Je vais voir Mme Bords. Je lui
fais un café, je le lui porte au lit. Il me regarde et j'ai un
sourire forcé à ma petite Gaguenette. Je dis non... allez
allez... — je dis "non". Mon non me fait pleurer. Après
le cryogène j'étouffe trop forte ma pauvre tombe. Je descends
j'achète le journal. Aujourd'hui je ne vais pas à l'imprimerie. Encore
une photo de Belsen : une fosse trop longue dans laquelle ont aligné des
corps trop maigres du camp de Belsen, à 4 kilomètres. Le ménage
russe, ont de ma habituelle discrétion. Mr Pleven annonce, la
remise en non os salaire, la revalorisation des produits agricoles.
Mr Churchill dit : Nous n'avons plus longtemps à attendre. La jonction
est peut être faite aujourd'hui. Debré Bridel s'insurge contre les élections
qui ont avoir lieu sous la députés et les Bourgeois. En 2me page du
FN on annonce que 1000 députés ont été tués vifs dans une grange
le 13 avril au matin, on côte de Magdebourg. Dans l'Art et la guerre
Frédéric Noël dit : Les uns s'imaginent que la révolution artistique
résulte de la guerre ; en réalité les guerres agissent ma d'autres plus
simplement fait 2 000 prisonniers. Monty a rencontré Eisenhower.
Berlin brûle. Staline dit voici un son poste de commandement un terrible
et merveilleux spectacle. Au cours des dernières 24 heures, on a compté
3 7 alertes.

2

j'arrive chez Mᵐᵉ Bordes. Le fils est dans l'entrée : « Maman veut
plus s'lever. » La fille pleure sur un divan. La loge est sale et
en désordre : « on est frais dit le fils, elle veut plus s'lever. »
J'vais dans la chambre. Mᵐᵉ Bordes est couchée, j'élève la
voir : « alors Madame Bordes ? » Elle me regarde, elle a les
yeux rouges, c'est une vieille femme. Elle dit faiblement : « Bien
vrai. » Le fils et la fille entrent dans la chambre. Mᵐᵉ Bordes
a une chemise décolletée, elle est maigre et ridée. Elle a un
visage en terre d'ombre. Les manches de chemise sont relevées on
lui voit les coudes noueux et secs. D'habitude elle a un petit
chignon gris, maintenant ses cheveux sont dénoués. « Elle s'rend
malade, dit le fils. « J'ai plus d'goût à manger, dit Mᵐᵉ Bordes
ils n'reviendront pas. » puis les larmes montent et coulent sur ses
joues, elle ne les sent même pas. Je dis « Il n'y a aucune raison
de vous mettre dans cet état. Le III A n'est pas encore revenu. » Mᵐᵉ Bordes
frappe faiblement le poing sur son drap : « vous m'avez déjà dit ça
y a huit jours, Marcel il en a un du III A au centre. » Elle sait
que ses deux fils sont au III A mais elle ignore où elle le III A.
Son jeune fils passe ses nuits dans les centres pour essayer de savoir.
Je dis « Je ne l'invente pas, lisez le journal et vous verrez… » « C'est pas
écrit dans le journal, » dit Mᵐᵉ Bordes. Je lui dis que si elle tombe malade
c'est pas bien avancé : « je peux plus » et elle chiale « ce qu'il y a de
terrible c'est de rien savoir, je peux plus. »

Je m'assieds au bord de son lit ; elle est butée, elle ne me

regarde plus, elle pleure. "C'est ça qu'il y a terrible, dit le fils, on
sait rien..." — Mme Bords dit ça par miaulements : " Quand m'dit
qu'il ne réécrit pas, il y a qu'ça dans les rues, et puis ça par le
milieu, j'pense plus..." — Je ne sais pas trop comment m'y prendre. Ils
savent que je suis au Service des Recherches — Si je sais m'y prendre elle
ne lèvera encore pendant trois jours. Encore une fois, la fatigue. J'ai
envie de rentrer. C'est vrai que c'est un peu inquiétant qu'ils n'aient pas
encore écrit — Je meurs : le III a avoir été libéré depuis 2 jours : " J'sais que
j'l'ai revenu par... dit Mme Bords — Elle pleure je reconnus, elle est vide :
" Là-bas sur la route, dans les colonnes : " je ne pleure plus..." Ici, Mme
Bords ne veut plus s'lever — Ici, plus on approche de la victoire, plus Mme
Bords se vide, mais elle ne lèvera — Faut qu'elle se lève, ça ne
sert à rien qu'elle ne se lève pas, à rien — J'ai aussi une envie de la
laisser aller, ça le regarde. Mais le jeune fils ne regarde — Je prends
le journal je lis la chronique : ceux qui reviennent. Tous les trois
écoutent — J'explique. Je reprends le journal. Je réexplique — Mme Bords
ne pleure plus, elle écoute la boucle suivante. Et " Tu vois, dit le fils.
La fille sourit : " Elle est terrible..." — " C'est pas ça dit Mme Bords mais quand
on sait pas..." Je la quitte — Je remonte — avant, je vais chercher du
pain — Une femme m'aborde — C'est ma crémière ? Dites
moi Mère Antelme, sais-je n'avais rien sur le VIIIe ? Non, mais je
pourrai savoir. " Parce que ma mère Mme Gérard. Elle commence
à redemander... elle tient plus l'coup..." Je lui dirai cet après-
midi, oui, qu'elle compte sur moi — Je vais prendre le pain,
je remonte — D joue du piano. Je m'assieds sur le divan — D ne m'allume
pas.

4

Je n'ai pas leur dire de ne pas jouer de piano. Ça ne fait mal à la tête —
C'est curieux, tout de même : aucune nouvelle. Le mouvement des troupes
en Allemagne : ils ont autre chose en face. Des milliers d'hommes
attendent, d'autres avancent vers les Russes. Berlin flambe. Mille
villes rasées. Toutes les 5 minutes jettent cinquante hommes des
terrains d'aviation. 50 passagers, 50 prisonniers. Pas encore lui.

Ici on s'occupe des élections municipales. On s'occupe aussi de
rapatriement. On avait parlé de mobiliser les voitures civiles et
les appartements — On a pas osé de crainte de déplaire — On ne
pouvait tout de même pas en arriver là — Pourtant c'était une
occasion sans pareille, la seule depuis des siècles — De Gaulle n'y
tient pas, de Gaulle n'a jamais parlé de ça de partis politiques
autrement qu'en troisième lieu après avoir parlé de ou front
d'Afrique du Nord. Le 3 avril de Gaulle a dit : "Les prix de
Fleurs sont passés. Les jours de gloire sont revenues" Il a dit
aussi : Parmi les points de la terre que le destin a choisis
Paris y rendre ses arrêts, Paris fut en tout temps symboli-
que — Il l'était quand la ville de Ste Geneviève en faisant
reculer Attila annonçait la victoire des Champs Catalauniques
Il l'était quand Jeanne d'Arc... — Il l'était quand Henri IV
Il l'était quand l'assemblée des trois ordres proclamait
les Droits de l'homme — Il l'était lorsque la reddition
de Paris en Janvier 1871 consacrait le triomphe de
l'Allemagne prussienne... Il l'était encore dans les
fameux jours de Septembre 14... Il l'était en 40...

(Discours du 3 avril 45)

Cette nuit n'éffaçait que quatre années d'oppression n'avaient, pu rendre l'âme de la capitale... que partout s'étaient accomplis les actes héroïques de la Résistance et que, dès l'instant où le ~~~~ passé est passé au bleu. De 71 il n'a eu qu'une chose c'est la conciliation de l'Allemagne prussienne — C'est ça qu'on a au pouvoir. La France est prise dans une tenaille catholique réactionnaire — C'est ça la réaction : Réagir contre les tendances du peuple à se croire la force. De Gaulle craint le peuple de sa force. Le soulèvement populaire l'écœure ~~~~~, sa délicatesse est froissée. Il croit en Dieu ~~~ en ses œuvres et à ses pompes. Il souffre de ne pouvoir en parler clairement dans ses discours — La différence entre de Gaulle et Hitler c'est que de Gaulle croit dans la Transsubstantiation. Il parle droit au cœur des catholiques.

Hitler croit dans la force venue d'en haut — De Gaulle croit à la force venue d'En Haut — voilà ce qu'on a au pouvoir. Aucune différence sinon dans la nature du mythe de base — outre Rhin l'aryanisme. Ici le Bon Dieu — Heureusement qu'il ne s'est pas nommé : « après Ste Geneviève, après Jeanne d'Arc, moi, St de Gaulle.» Tout ce qu'il a à faire c'est envoyer le peuple à la boucherie. "Les jours de gloire sont passés. Les jours de gloire sont revenus..." Il n'se pas parler des camps de concentration, il répugne manifestement à intégrer les fleurs du peuple dans la victoire de peur de l'affaiblir, d'en diminuer la portée — C'est leur qui exige que les élections municipales se fassent maintenant. L'ordre — Il est d'accord

6

En ce moment le peuple paye. Il l'ignore. Le peuple est fait pour
payer. Berlin brûle. Le peuple Allemand paye. C'est normal.
Le peuple, donnée générale - les milliers de français
qui pourrissent au soleil : donnée générale. Depuis que l'histoire
existe le peuple paye - de Gaulle refuse de le lui rappeler.
Exalter les souffrances du peuple est dangereux et risque
de lui donner de l'assurance, de la hardiesse - Plus tard il
dira : "La dictature de la souveraineté populaire comporte des risques que
doit tempérer la responsabilité d'un seul." Il a horreur du
sang, c'est contraire à son tempérament - les catholiques ont
horreur de sang. De Gaulle c'est un général catholique
c'est à dire que son rôle est de le faire verser mais sans ordre.
le soulèvement populaire lui soulève le cœur. Un autre con que
lui le R.P. Panici a écrit il y a quelques jours à propos de mot-
révolution il dit :« soulèvement populaire, grève générale, barricades etc..
on ferait un t.y beau film.. Mais y a t il la révolution autre que
spectaculaire, changement vrai, profond, durable ?.. 1793, 89, 1830,
1840. après un temps de violence et quelques remous politiques..
le peuple rentre, il lui faut gagner sa vie et reprendre
son travail.. » Décourager le peuple. Et il dit aussi : "Quand il
s'agit de ce qui cache, l'Église n'hésite pas, elle affirme.» De Gaulle
a décrété deuil national pour la mort de Roosevelt - Pas
de deuil national pour le 500.000 députés morts de faim
et de balles - Il faut ménager l'Amérique - Roosevelt

Este livro foi editado pela Bazar do Tempo,
na cidade de São Sebastião do Rio de Janeiro, em fevereiro de 2023.
Ele foi composto com as tipografia Apparel & Adobe Caslon Pro,
e impresso em papel Pólen Bold 70 e 90 g/m² pela gráfica Piffer.